U0135821

川端康成文集 2

千羽鶴

川端康成文集 2

千羽鶴

作者　川端康成
譯者　葉渭渠

木馬文化

川端康成文集 2

千羽鶴

作　　者　川端康成
譯　　者　葉渭渠
系列主編　汪若蘭
責任編輯　莊育旺
行銷企劃　黃怡瑋
封面構成　李淨東
校　　對　第一校對中心
電腦排版　辰皓電腦排版有限公司
出　　版　木馬文化事業有限公司
231 台北縣新店市民權路 105 號 10 樓
電話：02-22181417
傳真：02-22188057
E-mail：ecus@ecus.com.tw
網址：www.ecus.com.tw
總 經 銷　飛鴻國際行銷股份有限公司
231 台北縣新店市中正路 501-9 號 2 樓
電話：(02)82186688
傳真：(02)82186458　82186459
E-mail：fhl67274@ms42.hinet.net
印　　刷　成陽印刷股份有限公司
初　　版　2002 年 2 月
定　　價　150 元

ISBN　957-469-788-6

目錄

總導讀

川端的人與作品（川端文學爲何？）

劉黎兒

川端康成是一八九九年生於大阪，父親榮吉爲醫生，在川端二歲、三歲時父母相繼逝世，孤兒的境遇爲川端文學的出發點，他爲祖父母收養，七歲時進小學，因胃病弱而常缺課，不過成績好，對作文已經展示才能，他與在病床的祖父的生活，以片段記錄方式寫在《十六歲日記》，讀中學的少年眼看死期逼近的自己唯一的親人，雖然有淚、有憤怒等，但是毫無妥協地以當事人以及同時爲旁觀者的身分寫下此一與《伊豆的舞孃》可以相提並論的作品。

川端是在滿十二歲的那年進中學，他在自筆年譜中寫著「小學時曾有立志當畫家的時候，小學高年級起濫讀書籍，志願改變，中學二年起立志當小說家」，當時小說家的地位非常低，川端少年的志願與一般少年的立志實在很不相同，中學時代，他便開始投稿到文藝雜誌以及地方報紙，算是走了文學少年的軌道，但是即使如此，連在升高等學校時，他也以立志當小說家爲前提而決定要報考的學校，大學畢業後雖然在經濟上也有過窮困、懷才不遇的時代，恩師有二次勸他留在大學當老師，但是他決心以文筆維生，二次堅決婉拒，可見其當小說家的心志之堅強。

川端是在一九一八年的十月底首次到伊豆去旅行的，與旅遊藝人邂逅、同行，其間經驗寫了《伊豆的舞孃》等，以後有十年間每年均一定到湯島去；廿一歲第一高等學校畢業，進入東京帝國大學文學部英文系（翌年轉系到國文系）；在東大在學中，他創辦了《新思潮》，爲此去拜訪菊池寬而得其諒解，其後長期受菊池寬的照顧，並參加《文藝春秋》同人聚會；爲了對抗普羅文學雜誌《文藝戰線》，在積極受第一次世界大戰後歐洲前衛文學的影響而以新感覺文學爲志，創辦《文藝時代》，其後川端一生對於提倡文學不遺餘力，他出任也是芥川獎詮橫委員、海軍報導班班員、日本筆會會長，其後到一九六八年得到諾貝爾文學獎，他一直是領時代文學風騷的人。

川端從未成名前起，便一直有勁但是輕快的語言，寫成清澄的詩樣的作品，然後自己從寫作本身得到救贖，從孤兒意識遁逃出來，因而與世間和解；川端的文學除了表現自己獨特的空虛與徒勞的美學以及人生觀之外，其實也不斷在作各種憧憬，不斷藉著跨出日常現實的架構與限制，而對各種被視爲社會禁忌的不同的情色主義進行嘗試與描寫，因此而讓自己的慾望與感覺能到安撫；川端的作品是有非常官能的一面，像《千羽鶴》是男人與父親的情婦交媾，而女人與母親的情夫交媾，以社會日常感覺而言是雙重禁忌，但是因爲官能愈是濃厚，便愈接近死；因爲日常生活中每一個人均背負了不得任意侵犯、觸摸他人的規制，因此內心深層可能有項突破、違反這些限制的魔鬼般的慾望，川端藉著文學表現，很平靜地在心靈內外世界來去自如。

川端作品有許多均與如夢似幻的世界有關，與其說是川端的視野從現實接近夢，將夢幻或是倒映之影等當作實景來認識，其實是川端透過作品的力量，讓這些美得到實現，等於是用文字的力量來證明夢幻實際上是存在的。

日本文學評論家中村眞一郎曾對三島由紀夫說，「我將川端的少女小說一口氣讀了，覺得相當情色，比起川端的純文學，是更爲活生生的情色主義的；世間以爲川端的東西讓小孩子讀很安全，這是很大的錯誤」，三島則認爲眞正的說法應該是「大人不能不讀川端的情色主義」；三島認爲川端的情色主義並非僅是川端本身的官能的發作與暴露，而是對於官能的本體，也就是對於聲明，自己一直未能歸納出理論上的結論，所以靠不斷地接觸、嘗試來接近結論。

川端的作品的確經常讓處女、少女登場，主角對於處女有強烈的憧憬，處女是一種禁忌的存在，所以提升了主角感情狀態的伏特數，一但打破，則亢奮便告消失，作爲禁忌的對象便開始退色；在憧憬與禁忌之間的掙扎以及想像等，便是川端情色的張力；少女、處女在頹廢之美、失衡之美中扮演重要角色；情色不限於處女、少女，川端在《千羽鶴》中對於有三、四百年歷史的古董茶碗指爲「腰身堅挺」等等，誘人做官能的聯想；此外《雪國》中男主角凝視、嗅聞觸摸過女人的食指等，《山之音》、《千羽鶴》中也不迴避床上鏡頭等。

川端文學是有濃厚的妖豔之氣的，和谷崎潤一郎比起來，他不算是正統派的作家，他是嘗試各種主題以及手法的世界性的作家，例如他也是旅情文學的祖師，也是喚醒世人回顧日本傳統以及日本心與形之美的大師。

川端是在得諾貝爾獎四年後的一九七二年四月十六日在逗子海濱的公寓的工作房中用瓦斯自殺的，享年七十二歲，他這一年才剛在《文藝春秋》發表《如夢似幻》，表示自己將重新出征的決心，卻突然自絕，但是如果理解川端永遠是一位孤獨的旅人，或許也不是那麼吃驚的。

導讀

劉黎兒

川端康成在中年之後長年住在神奈川縣的鎌倉，所以《千羽鶴》（一九四九年作品）、《山之音》、《日月》等以鎌倉爲舞台的作品非常多，不僅川端，因爲鎌倉是山明水秀而且有歷史香氣的地方，因此日本許多作家均以此美麗的古都爲創作的背景，尤其是北鎌倉一帶的名刹甚多，《千羽鶴》所描寫的茶道世界便是橫須賀線的北鎌倉車站鄰接的圓覺寺以及境內的茶室佛日庵。

《千羽鶴》是川端在「看到去參加在圓覺寺內舉行的茶會的小姐，只是因爲如此而不經意地寫出來的」，這是川端在二次世界大戰後所寫出的代表性作品，和《山之音》一樣均表現了日本傳統的美。

《千羽鶴》是描寫茶道宗匠的菊治，在父親死後因爲父親情婦栗本智佳子的邀請而出席她的茶會，智佳子是想搓合菊治與自己的徒弟稻村雪子，在圓覺寺境內菊治遇見兩位小姐，爲其中持著染繪有千羽鶴的縐紗的包袱巾的小姐的美麗所吸引，那就是雪子；在茶會中，父親另一情婦的太田夫人和女兒文子也出現，菊治爲了尋找父親的形影而與太田夫人發生關係，智佳子得知而故意騷擾，但是兩人關係反而加深；在再度交媾的翌日，夫人憔悴、自殺；過了初七，文子拿著母親的遺物的志野的水罐來找菊治，菊治當天也與文子結合，文子體臭雖像夫人，但是完全是別的女人；那晚文子打破留有母親口紅的遺愛的志野的茶碗，然後失蹤，菊治覺得文子是有尋死的決心，而感到不安。

《千羽鶴》之後還有續集，即《波千鳥》以及《春之目》、《妻之心思》；菊治後來與雪子結婚，但是與太田母女的背德以及污辱的想法無法拂拭，因此無法在肉體上與純潔的雪子結合；失蹤的文子從九州寫信告白對菊治的愛戀與斷念的心情；菊治爲了妻子一直是處女而煩惱，但是覺得兩人無話不說，心靈上的聯繫加強。

川端是從志野茶碗的感觸以及幻想而創出太田夫人此一中年女性，所以這個小說的主角不知究竟是太田夫人或是志野茶碗，或許她像是茶碗的精而升起一股妖氣，在夫人死後，菊治雖想憶起她的肉體，但是甦醒的都是如醉的味道的觸覺，所以這是以觸覺爲媒介所組合的一個超現實的美的世界。志野的陶器是在（現在岐埠縣的）美濃所燒的富有獨創性的雅緻的藝品，在小說中象徵夫人之美，夫人是從對一切世俗的關心解放的魂，她的心絲毫無道德的影子，是不斷眺望著菊治的成長，也是菊治對女人、對性愛的啓蒙者，雖說和父親的情婦交媾可以稱得上爲嚴重的背德的行爲，但是這已經超出世俗的道德，爲絕對的美的境界中所發生的事；小說中的栗本智佳子則爲代表世俗的角色，因此無法窺見、理解夫人的世界，夫人像是志野的名品，毫無污濁。

當然如果不以無垢與世俗的對照觀點來看的話，父子與同樣的女人交媾，母女與同樣的男人交媾，這種親子的因果圖，包含了反了性的禁忌與倫理，所以對男女而言反而是無比的魅力，但是也是交織著罪惡感的禁忌的果實，因爲想要吃禁果，所以無視日常生活與道德，結果讓人死亡、毀滅，只有自殺一途，在發現時便順其自然自殺，像是事故一般，也反映了川端自己的人生觀。

日本雖然有說法認爲《山之音》在《千羽鶴》之上，但是名作家山本健吉則極力肯定《千羽鶴》，認爲這是人間的愛欲世界與名品的世界完全重疊，而且其中的人間的世界，有擺脫現實的美的另外的世界的存在，其又與死的世界相鄰，因此此一小說爲一個四重的架空的世界；其他如武田泰淳等也都是對《千羽鶴》評價較高；也有些研究是專研究此小說與日本傳統美的關係，也是討論川端與古典文學如《源氏物語》等關係的重要作品。

千羽鶴

第一章

菊治踏入鎌倉圓覺寺院內，對於是否去參加茶會還在躊躇不決。時間已經晚了。

「栗本近子之會」每次在圓覺寺深院的茶室裡舉辦茶會的時候，菊治照例收到請帖，可是自從父親辭世後，他一次也不曾去過。因爲他覺得給她發請帖，只不過是一種顧及亡父情面的禮節而已，實在不屑一顧。

然而，這回的請帖上卻附加了一句：切盼蒞臨，見見我的一個女弟子。

讀了請帖，菊治想起了近子的那塊痣。

菊治記得大概是八、九歲的時候吧。父親帶他到了近子家，近子正在茶室裡敞開胸脯，用小剪子剪去痣上的毛。痣長在左乳房上，占了半邊面積，直擴展到心窩處。有掌心那麼大。那黑紫色的痣上長著毛，近子用剪子把它剪掉了。

「喲！少爺也一道來了？」

近子吃了一驚，本想把衣襟合上。可是，也許她覺得慌張地掩藏反而不好意思，便稍轉過身去，慢慢地把衣襟掖進腰帶裡。

她之所以吃驚，大概不是因爲看到菊治父親，而是看到菊治才慌了神的吧。女傭到正門去接應，並且通報過了，近子自然知道是菊治的父親來了。

父親沒有直接走進茶室，而是坐在貼鄰的房間裡。這裡是客廳，現在成了學習茶道的教室。

父親一邊觀賞壁龕裡的掛軸，一邊漫不經心地說：

「給我來碗茶吧。」

「哎。」

近子應了一聲，卻沒有立即站起身來。

近子那些像男人鬍子般的毛，掉落在放在她自己膝上的報紙上。菊治全都看在眼裡。

大白天，老鼠竟在天花板上跑來跑去。靠近廊子處，桃花已經綻開。

近子儘管坐在爐邊燒茶，神態還是有點茫然。

此後過了十天，菊治聽見母親對父親像要揭開驚人的秘密似地說，近子只因爲胸脯上長了塊痣才沒有結婚。母親以爲父親不知曉。母親似是很同情近子，臉上露出了憐憫的樣子。

「哦，哦。」

父親半帶驚訝似地隨聲附和，卻說：

「不過，讓丈夫看見了又有什麼關係呢，只要婚前取得諒解就好嘛。」

「我也是這麼說的呀。可是，胸脯上有塊大痣的事，女人家哪能說得出口。」

「可她已經不是小姑娘啦。」

「畢竟難以啓齒呀。就算婚後才發現，在男人來說，也許會一笑了之。可是……」

「這麼說，她讓你看那塊痣了？」

「哪能呢。淨說傻話。」

「只是說說而已嗎？」

「今天她來茶道教室的時候，閒聊了一陣子……終於才坦白了出來。」

父親沉默不語。

「就算結了婚，男方又會怎樣呢。」

「也許會討厭，會感到不舒服吧。不過也很難說，說不定這種秘密會變成一種樂趣，一種魅惑吶。也許這個短處還會引出別的長處來呢。實際上，這又不是什麼大不了的毛病。」

「我也安慰她說這不是毛病，可是她說，問題是這塊痣長在乳房上。」

「唔。」

「她覺得，一想到生孩子要餵奶，這似是她最感痛苦的事。就算丈夫認可，爲了孩子也……」

「這是說因爲有塊痣奶水就出不來嗎？」

「不是……她說，孩子吃奶時，讓孩子看見，她會感到痛苦。我倒沒想到這一層。不過，設身處地想一想，當事人不免會有各種想法的啊！嬰兒從出生之日起就要餵奶，睜眼能看東西的頭一眼，就看見母親奶上這塊醜陋的痣。孩子對這個世界的第一印象、對母親的第一印象，就是乳房上的醜陋的痣——它會深刻地纏住孩子一生的啊！」

「唔。不過，她也過慮了，何苦呢。」

「說的是呀。給孩子餵牛奶，或請個奶媽不也可以嗎？」

「乳房只要出奶，長塊痣也無大礙嘛。」

「不，那可不行。我聽她說那番話以後，淚水都淌出來啦。心想，有道理啊！就說咱家的菊治吧，我也不願意讓他嘬有塊痣的奶。」

「是啊。」

菊治對佯裝不知的父親感到義憤。菊治都看見近子的痣了，父親竟無視他，他對這樣的父親也感到厭惡。

然而，事隔將近二十年後的今天，菊治回顧當年父親也一定很尷尬吧。於是他不由得露出了苦笑。

另外，菊治十幾歲的時候，不時想起母親的話：擔心另有吃了長塊痣的奶的異母弟妹。這使菊治感到不安，有些害怕。

菊治不僅害怕別處有自己的異母兄弟，更害怕有這種孩子。他不由得想像著孩子吃了那大塊痣上長毛的奶，總抱有一種對惡魔的恐懼感似的。

幸虧近子沒有生孩子。往壞裡猜，也許是父親沒讓她或不想讓她生孩子，而藉口向她吹風說，痣和嬰兒的事使母親流了淚。總之，父親生前死後，都沒有出現過近子的孩子。

菊治和父親一起看見了那塊痣後不久，大概近子捉摸著得趕在菊治告訴他母親之前先下手爲強，就前來向他母親坦率地說出了這樁事。

近子一直沒有結婚，莫非還是那塊痣支配了她的生涯嗎？

不過，有點奇怪，那塊痣給菊治留下的印象也沒有消逝，很難說不會在某個地方同他的命運邂逅。

當菊治看到近子想藉茶會的機會，讓他看看某小姐的請帖附言時，那塊痣又在菊治眼前浮現，就驀地想著：近子介紹的，會是個毫無瑕疵的玉肌潔膚的小姐嗎？

菊治還曾這樣胡思亂想：難道父親偶爾也不曾用手指去捏過長在近子胸脯上的那塊

痣？也許父親甚至還咬過那塊痣呢。

如今菊治走在寺院山中小鳥啁啾鳴囀的庭院裡，那種胡思亂想還掠過了他的腦際。

不過，近子自從被菊治看到那塊痣兩、三年後，不知怎的竟男性化，現在則整個變成中性，實在有點蹊蹺。

今天的茶席上，近子也在施展著她那麻利的本事吧。不過，也許那長著痣的乳房，已經乾癟了。菊治意識過來，鬆了口氣，剛要發笑，這時候，兩位小姐從後面急匆匆地趕了上來。

菊治駐步讓路，並探詢道：

「請問，栗本女士的茶會是順著這條路往裡走吧。」

「是的。」

兩位小姐同時回答。

菊治不用問路也是知道的，再說就憑小姐們這身和服裝扮，也可以判斷她們是去參加茶會的。不過，他是爲了使自己明確要赴茶會才這樣探詢的。

那位小姐手拿一個用粉紅色縐綢包袱皮包裹的小包，上面繪有潔白的千羽鶴，美極了。

第二章

兩位小姐走進茶室前，在換上布襪時，菊治也來到了。

菊治從小姐身後瞥了一下內裡，房間面積約莫八鋪席，人們幾乎是膝蓋擠著膝蓋並坐著。似乎淨是些身著華麗和服的人。

近子眼快，一眼就瞅見菊治，驀地站起身走了過來。

「喲，請進。稀客。歡迎光臨。請從那邊上來，沒關係的。」

近子說著指了指靠近壁龕這邊的拉門。

菊治覺著茶室裡的女客們都回過頭來了，他臉紅著說：

「淨是女客嗎？」

「對，男客也來過，不過都走了。你是萬綠叢中一點紅。」

「不是紅。」

「沒問題，菊治有資格稱紅呀。」

菊治揮了揮手，示意要繞到另一個門口進去。

小姐把穿了一路的布襪，包在千羽鶴包袱皮裡，爾後彬彬有禮地站在一旁，禮讓菊治先走。

菊治走進了貼鄰的房間，只見房間裡散亂地放著諸如點心盒子、搬來的茶具箱、客人的東西等。女傭正在裡面的洗茶具房裡洗洗刷刷。

近子走了進來，像下跪似地跪坐在菊治面前，問道：

「怎麼樣，小姐還可以吧。」

「你是指拿著千羽鶴包袱皮的那位嗎？」

「包袱皮？我不知道什麼包袱皮。我是說剛才站在那裡的那位標緻的小姐呀。她是稻村先生的千金。」

菊治曖昧地點了點頭。

「包袱皮什麼的，你竟然連人家古怪的東西都注意到了，我可不能大意囉。我還以爲你們是一起來的，正暗自佩服你籌劃的本事吶。」

「瞧你說的。」

「在來的路上碰上，那是有緣嘛。再說令尊也認識稻村先生。」

「是嗎？」

「她家早先是橫濱的生絲商。今天的事，我沒跟她說，你放心地好好端詳吧。」

近子的嗓門不小，菊治擔心僅隔一隔扇的茶室裡的人是否都聽見，正在無可奈何的時候，近子突然把臉湊了過來：

「不過，事情有點麻煩。」

她壓低了嗓門：

「太田夫人來了，她女兒也一起來了。」

她一邊對菊治察顏觀色，一邊又說：

「今天我可沒有請她……不過這種茶會，任何過路人都可以來，剛才就有兩批美國人來過。很抱歉，太田夫人聽說就來了，無可奈何呀。不過，你的事她當然不曉得。」

「今天的事，我也……」

菊治本想說自己壓根沒有打算來相親，可是沒說出口，又把話嚥了回去。

「尷尬的是太田夫人，菊治只當若無其事就行。」

菊治對近子的這種說法也非常生氣。

看樣子栗本近子同父親的交往並不深，時間也短。父親辭世前，近子總以一個隨便的女人的姿態，不斷出入菊治家。不僅在茶會上，而且來做常客時也下廚房幹活。

自從近子整個男性化後，母親似乎覺得事已至此，妒忌之類的事未免令人哭笑不得，顯得十分滑稽。菊治母親後來肯定已經察覺，菊治父親看過近子的那塊痣。不過，這時早已是事過境遷，近子也爽朗而若無其事似的，總站在母親的後面。

菊治不知不覺間對待近子也隨便起來，在不時任性地頂撞她的過程中，幼時那種令人窒息的嫌惡感也淡薄了。

近子之男性化，以及成爲菊治家方便的幫工，也許符合於她的生活方式。

近子似仗菊治家，作爲茶道師傅，已小有名氣。

父親辭世後，菊治想到近子不過是同父親有過一段無常的交往，就把自己的女人天性扼殺殆盡，對她甚至湧起一絲淡淡的同情。

母親之所以不那麼仇視近子，也是因爲受到了太田夫人問題的牽制。

自從茶友太田去世後，菊治的父親負責處理太田留下的茶道具，遂同他的遺孀接近了。

最早把此事報告菊治母親的就是近子。

當然，近子是站在菊治母親一邊進行活動的，甚至做得太過分了。近子尾隨菊治父親，還屢次三番地前往遺孀家警告人家，活像她自身的妒火發生了井噴似的。

菊治母親天生靦腆，對近子這種捕風捉影般的好管閒事，毋寧說反而被嚇住，生怕家醜外揚。

菊治即使在場，近子也向菊治母親數落起太田夫人來。菊治母親一不願意聽，近子竟說讓菊治聽聽也好。

「上回我去她家時，狠狠地訓斥她一頓，大概是被她孩子偷聽了，忽然聽見貼鄰的房間裡傳來了抽泣聲，不是嗎？」

「是她的女兒吧？」

母親說著皺起了眉頭。

「對。據說十二歲了。太田夫人也明智。我還以爲她會去責備女兒，誰知她竟特地站起身到隔壁去把孩子抱了過來，摟在膝上，跪坐在我面前，母女倆一起哭給我看吶。」

「那孩子太可憐了，不是嗎？」

「所以說，也可以把孩子當做出氣的工具嘛。因爲那孩子對她母親的事，全都清楚。不過，姑娘長個小圓臉，倒是滿可愛的。」

近子邊說邊望了望菊治。

「我們菊治少爺，要是對父親說上幾句就好啦。」

「請你少些挑撥離間。」

母親到底還是規勸了她。

「太太總愛把委屈往肚子裡嚥，這可不行。咬咬牙把它全都吐露出來才好呀。太太您這麼瘦，可人家卻光潤豐盈。她儘管機智不足，卻以爲只要溫順地哭上一場，就能解決問題……首先，她那故去的丈夫的照片，還原封不動耀眼地裝飾在接待您家先生的客廳裡。您家先生也真能沉得住氣呀。」

當年被近子那樣數落過的太田夫人，在菊治的父親死後，甚至還帶著女兒來參加近子的茶會。

菊治彷彿受到某種冰冷的東西狠擊了一下。

縱令像近子所說，她今天並沒有邀請太田夫人來，不過，令菊治感到意外的，就是近子同太田夫人在父親死後可能還有交往。也許甚至是她讓女兒來向近子學習茶道的。

「如果你不願意，那就讓太田夫人先回去吧。」

近子說著望了望菊治的眼睛。

「我倒無所謂，如果對方要回去，隨便好了。」

「如果她是那樣明智，何至於令尊令堂煩惱呢。」

「不過，那位小姐不是一道來的嗎？」

菊治沒見過太田遺孀的女兒。

菊治覺得在與太田夫人同席上，和那位手拿千羽鶴包袱的小姐相見不合適。再說，他尤其不願意在這裡初次會見太田小姐。

可是，近子的話聲彷彿總在菊治的耳旁縈迴，刺激著他的神經。

「反正他們都知道我來了，想逃也不成。」

菊治說著站起身來。

他從靠近壁龕這邊踏入茶室，在進門處的上座坐了下來。

近子緊跟其後進來。

「這位是三谷少爺，三谷先生的公子。」

近子鄭重其事地將菊治介紹給大家。

菊治再次向大家重新施了一個禮，一抬起頭時，把小姐們都清楚地看在眼裡。

菊治似乎有點緊張。他滿目飛揚著和服的鮮艷色彩，起初無法分清誰是誰。

待到菊治定下心來，這才發現太田夫人就坐在正對面。

「啊！」夫人說了一聲。

在座的人都聽見了，那聲音是多麼純樸而親切。

夫人接著說：「多日不見了，久違了。」

於是她輕輕地拽了拽身旁女兒的袖口，示意她快打招呼。小姐顯得有些困惑，臉上飛起一片紅潮，低頭施禮。

菊治感到十分意外。夫人的態度沒有絲毫敵視或惡意，倒顯得著實親切。同菊治的不期而遇，似乎令夫人格外高興。看來她簡直忘卻了自己在滿座中的身分。

小姐一直低著頭。

待到意識過來的時候，夫人的臉頰也不覺染紅了。她望著菊治，目光裡彷彿帶著要來到菊治身邊傾吐衷腸的情意。

「您依然搞茶道嗎？」

「不，我向來不搞。」

「是嗎，可府上是茶道世家啊！」

夫人似乎感傷起來，眼睛濕潤了。

菊治自從舉行父親葬禮之後，就沒見過太田的遺孀。

她同四年前相比幾乎沒有怎麼變化。

她那白皙的修長脖頸，和那與之不相稱的圓勻肩膀，依然如舊時。體態比年齡顯得年輕。鼻子和嘴巴比眼睛顯得小巧玲瓏。仔細端詳，那小鼻子模樣別致，招人喜歡。說話的時候，偶然顯出反咬合的樣子。

小姐繼承了母親的基因，也是修長的脖子和圓圓的肩膀。嘴巴比她母親大些，一直緊閉著。同女兒的嘴兩相比較，母親的嘴唇似乎小得有點滑稽。

小姐那雙黑眼珠比母親的大，她的眼睛似乎帶著幾分哀愁。

近子看了看爐裡的炭火，說：

「稻村小姐，給三谷先生沏上一碗茶好嗎？你還沒點茶吧。」

「是。」

拿著千羽鶴包袱的小姐應了一聲，就站起身走了過去。

菊治知道，這位小姐坐在太田夫人的近旁。

但是，菊治看到太田夫人和太田小姐後，就避免把目光投向稻村小姐。

近子讓稻村小姐點茶，也許是爲了讓菊治看看稻村小姐吧。

稻村小姐跪坐在茶水鍋前，回過頭來問近子：

「用哪種茶碗？」

「是啊，用那只織部茶碗合適吧。」近子說，「因爲那只茶碗是三谷少爺的父親愛用的，還是他送給我的呢。」

放在稻村小姐面前的這只茶碗，菊治彷彿也曾見過。雖說父親肯定使用過，不過那是父親從太田遺孀那裡轉承下來的。

已故丈夫喜愛的遺物，從菊治的父親那裡又轉到近子手裡，此刻又這樣地出現在茶席上，太田夫人不知抱著什麼樣的心情來看待呢。

菊治對近子的滿不在乎，感到震驚。

要說滿不在乎，太田夫人又何嘗不是相當滿不在乎呢。

與中年婦女過去所經歷的紊亂糾葛相比，菊治感到這位點茶的小姐的純潔實在的美。

第三章

近子想讓菊治瞧瞧手裡拿著千羽鶴包袱的小姐。大概小姐本人不知道她的這番意圖吧。

毫不怯場的小姐點好了茶，親自端到菊治面前。

菊治喝完茶，欣賞了一下茶碗。這是一只黑色的織部茶碗①，正面的白釉處還是用黑釉描繪了嫩蕨菜的圖案。

「見過吧？」

近子迎面說了句。

「可能見過吧。」

菊治曖昧地應了一聲，把茶碗放了下來。

「這蕨菜的嫩芽，很能映出山村的情趣，是適合早春使用的好茶碗，令尊也曾使用過。從季節上說，這個時候拿出來用，雖然晚了點兒，不過用它來給菊治少爺獻茶正合適。」

「不，對這只茶碗來說，家父曾短暫地持有過它，算得了什麼呢？可不是嗎？這只傳世的茶碗是從桃山時代的利休傳下來的吧。這是經歷幾百年的衆多茶人珍惜地傳承了下來的，所以家父恐怕還數不上。」菊治說。

菊治試圖忘掉這只茶碗的來歷。

這只茶碗由太田先生傳給他的遺孀，再從太田遺孀那裡轉到菊治的父親手裡，又由菊治的父親轉給了近子，而太田和菊治的父親這兩個男人都已去世，相比之下，兩個女人卻在這裡。僅就這點來說，這只茶碗的命運也夠蹊蹺的了。

如今，這只古老的茶碗，在這裡又被太田的遺孀、太田小姐、近子、稻村小姐，以及其他小姐們用唇接觸，用手撫摸。

「我也要用這只茶碗喝一碗。因爲剛才用的是別的茶碗。」

太田夫人有點唐突地說。

菊治又是一驚。不知她是在冒傻氣呢，還是厚臉皮。

菊治覺得一直低著頭的太田小姐，怪可憐的，不忍心看她。

稻村小姐爲太田夫人再次點茶。全場人的目光都落在她的身上。不過，這位小姐大概不曉得這只黑色織部茶碗的因緣吧。她只顧按照學來的規範動作而已。

她那純樸的點茶做派，沒有絲毫毛病。從胸部到膝部的姿勢都非常正確，可以領略到她的高雅氣度。

嫩葉的影子投在小姐身後的糊紙拉門上，使人感到她那艷麗的長袖和服的肩部和袖兜隱約反射出柔光。那頭秀髮也非常亮麗。

作為茶室來說，這房間當然太亮了些，然而它卻能映襯出小姐的青春光彩。少女般的小紅綢巾也不使人感到平庸，反倒給人有一種水靈靈的感覺。小姐的手彷若朵朵綻開的紅花。

小姐的周邊，彷彿有又白又小的千羽鶴在翩翩飛舞。

太田遺孀把織部茶碗托在掌心上，說道：

「這黑碗襯著綠茶，就像春天萌發的翠綠啊！」

她到底沒有說出這只茶碗曾是她丈夫所有物。

接著，近子只是形式上地出示並介紹了一下茶具。小姐們不了解茶具的由來，只顧聽她的介紹。

水罐和小茶勺、柄勺，先前都是菊治父親的東西，但是近子和菊治都沒說出來。

菊治望著小姐們起身告辭回家，然後剛坐了下來，太田夫人就挨近來道：

「剛才失禮了。你可能生氣了吧，不過我一見到你，首先就感到很親切。」

「哦。」

「你長得儀表堂堂嘛。」

夫人的眼裡彷彿噙著淚珠。

「啊，對了，令堂也……本想去參加葬禮來著，卻終於沒有去成。」

菊治露出不悅的神色。

「令尊令堂相繼辭世……很寂寞吧。」

「哦。」

「還不回家嗎？」

「哦，再過一會兒。」

「我想有機會再和你談談……」

近子在隔壁揚聲：

「菊治少爺！」

太田夫人戀戀不捨似的站起身來。小姐早已在庭院裡等著她。

小姐和母親向菊治低頭施禮，然後離去了。她那雙眼睛似乎在傾訴著什麼。

近子和兩、三個親近的弟子，以及女傭在貼鄰房間收拾茶具。

「太田夫人說什麼了？」

「沒說什麼……沒說什麼。」

「對她可得提防著點兒。她總裝出一副溫順無辜的樣子，可心裡想些什麼，是很難捉摸的。」

「可是，她不是經常來參加你的茶會嗎？從什麼時候開始的。」

菊治帶點挖苦地說。

他走出了房間，像要避開這種惡意的氣氛似的。

近子尾隨而來，說道：

「怎麼樣，那位小姐不錯吧？」

「是位不錯的小姐。如果能在沒有你和太田夫人，以及沒有家父幽魂徘徊的地方見到她，那就更好。」

「你這麼介意這些事嗎？太田夫人與那位小姐沒有什麼關係呀。」

「我只覺得對那位小姐有點過意不去。」

「有什麼可過意不去的。你如果介意太田夫人在場的話，我很抱歉。不過，今天並沒有請她來。稻村小姐的事，請另做考慮。」

「可是，今天就此告辭了。」

菊治停下腳步說。如果他邊走邊說，近子就沒有要走開的意思。

剩下菊治一人時，他看到前方山腳下綴滿杜鵑花的蓓蕾。他深深地吸了口氣。

近子的信把自己引誘來了，菊治嫌惡自己。不過，手拿千羽鶴小包袱的小姐給他留下的印象卻是鮮明的。

在茶席上看見父親的兩個女人，自己之所以沒有什麼厭煩，也許是由於那位小姐的關係吧。

但是，一想到這兩個女人如今還活著，並且在談論父親，而母親卻已辭世，菊治不免感到一股怒火湧上心頭。近子胸脯上的那塊醜陋的痣也浮現在眼前。

晚風透過嫩葉習習傳來。菊治摘下帽子，慢步走著。

他從遠處看見太田夫人站在山門後。

菊治驀地想避開此道，環顧了一下四周。如果走左右兩邊的小山路，似乎可以不經過山門。

然而，菊治還是朝山門的方向走去。彷彿緊繃著臉。

太田夫人發現菊治，反而迎了上去。她兩頰緋紅。

「我想再見見你，就在這兒等候了。也許你會覺得我是個厚臉皮的女人，可是我不願就那樣分別……再說就那樣分別，還不知什麼時候才能再見到你。」

「小姐呢？」

「文子先回去了。和朋友一起走的。」

「那麼說，小姐知道她母親在等我囉？」菊治說。

「是的。」夫人答道。她望了望菊治的臉。

「看來，小姐是討厭我囉，不是嗎？剛才在茶席上，小姐似乎也不想見我，真遺憾。」

菊治的話像很露骨，又像很婉轉。可是夫人卻直率地說：

「她見了你，心裡準是很難過。」

「也許是家父使她感到相當痛苦的緣故吧。」

菊治本想說，這就像太田夫人的事而使自己感到痛苦那樣。

「不是的。令尊很喜歡文子吶。這些情況，有機會時我再慢慢告訴你。起初，令尊再怎麼善待這孩子，她一點兒都不親近他。可是，戰爭快結束的時候，空襲越發猛烈，她似乎悟到了什麼，態度整個轉變了。她也想對待令尊盡自己的一份心。雖說是盡心，可是一個女孩子能做到的，充其量不過是買隻雞，做個菜，敬敬令尊罷了。不過，她倒是挺拚命的，也曾冒過相當的危險。在空襲中，她還曾從老遠的地方把米運了回來……她的突然轉變，讓令尊也感到震驚。看到孩子的轉變，我又心疼又難過，彷彿遭到譴責似的。」

菊治這才想到，母親和自己都曾受過太田小姐的恩惠。那時候，父親偶爾意外地帶些土特產回家來，原來都是太田小姐採購的啊。

「我不十分清楚女兒的態度為什麼突然轉變，也許她每天都在想著說不定什麼時候就會死去，一定是很同情我吧。她眞的不顧一切，也要對令尊盡一份心啊！」

在那戰敗的歲月裡，小姐清楚地看到了母親拚命糾纏，不放過同菊治的父親的愛吧。現實生活日趨嚴酷，每天她顧不得去想自己已故的父親的過去，只顧照料母親的現實了吧。

「剛才，你注意到文子手上的戒指了吧？」

「沒有。」

「那是令尊送給她的。令尊即使到這裡來，只要一響警報，他立即就要回家，這樣一來，文子說什麼也要送他回去。她擔心令尊一人在途中會發生什麼事。有一回，她送令尊回府上，卻不見她回家來。如果她在府上歇一宿就好了，我擔心的是他們兩人會不會在途中都死了呢。到了第二天早晨，她才回到家裡來。一問才知道，她送令尊到府上大門口，就折回來，在半路上一個防空壕裡待到天亮呢。令尊再來時說，文子，上回謝謝你啦。說著就送給她那只戒指了。這孩子大概不好意思讓你看到這只戒指吧。」

菊治聽著。不由得厭煩起來。奇怪的是，太田夫人竟以為當然會博得菊治的同情。

不過，菊治的情緒還沒有發展到明顯地憎恨或提防太田夫人的地步。太田夫人好像有一種本事，會使人感到溫馨而放鬆戒備。

小姐之所以拚命盡心伺候，也許是目不忍睹母親的淒涼吧。

菊治覺得夫人說的是小姐的往事，實際上是在傾訴她自己的情愛。

夫人也許想傾吐衷腸。然而，說得極端些，她彷彿分辨不清談話對象的界限，是菊治的父親，還是菊治。她與菊治談話就像跟菊治的父親說話一樣，格外的親暱。

早先，菊治與母親一起對太田遺孀所抱的敵意，雖說還沒有完全消失，但是那股勁頭已減去大半了。一不注意，甚至下意識地覺得自己就是她所愛的父親，彷彿被導入一種錯覺：與這個女人早就很親密了。

菊治知道，父親很快就與近子分手了，可是同這個女人的關係則維繫至死。菊治估計，近子肯定會欺負太田夫人。菊治心中也萌生出帶點殘忍的苗頭，誘惑他輕鬆地捉弄一下太田夫人。

「你常出席栗本的茶會？從前她不是總欺負你嗎？」菊治說。

「是的。令尊仙逝後，她給我來過信，因為我懷念令尊，也很寂寞，所以……」夫人說罷，垂下頭來。

「令嫒也一起去嗎？」

「文子大概很勉強地陪我來的。」

他們跨過鐵軌，走過北鎌倉車站，朝著與圓覺寺相反方向的山那邊走去。

第四章

太田遺孀至少也有四十五開外，比菊治年長近二十歲，可她卻使菊治忘卻了她年長的感覺。菊治彷彿摟抱著一個比自己還年輕的女人。

毫無疑問，菊治也和夫人一起享受著來自夫人經驗的那份愉悅，他並不膽怯，也不覺得自己是個經驗膚淺的單身漢。

菊治覺得自己彷彿是初次同女人發生了關係，也懂得了男人。他對自己的這份男性的覺醒感到驚訝。在這以前，菊治從來不知道女人竟是如此溫柔的被動者、溫順著來又誘導下去的被動者、溫馨得簡直令人陶醉的被動之身。

很多時候，獨身者菊治在事情過後，不知爲什麼總覺得有一種厭惡感。然而，在理應最可憎的此時此刻，他卻又覺得甜美而安詳。

每當這種時候，菊治就會不由得想冷漠地離開，可是這次他卻聽任她溫馨地依偎，自己如痴似醉。這似乎也是頭一回。他不知道女人情感的波浪竟是這般尾隨著追上來。菊治在這波浪中歇息，宛如一個征服者一邊瞌睡一邊讓奴隸給洗腳，感到心滿意足。

另外，還有一種母愛的感覺。菊治縮著脖頸說：

「栗本這個地方有一大塊痣，你知道嗎？」

菊治也察覺到自己突然脫口說出了一句不得體的話，也許是思緒鬆弛了的緣故，可他並不覺得這話對近子有什麼不利。

「長在乳房上，諾，就在這裡，是這樣……」說著菊治把手伸了過去。

促使菊治說出這種話的東西，在他的體內抬頭了。這是一種像是要拂逆自己，又像是想傷害對方的、好難爲情的心情。也許這是爲了掩飾想看那個地方的一種甜蜜的羞怯。

「不要這樣嘛，太可怕了。」

夫人說著悄悄地把衣領子合攏上，卻驀地又像有某點難以理解似的，悠然地說：

「這話我還是頭一次聽說，不過，在衣服下面，看不見吧。」

「哪能看不見呢。」

「喲，爲什麼？」

「瞧，在這兒就看見了嘛。」

「喲，瞧你多討厭呀，以爲我也長了痣才找的吧？」

「那倒不是，不過，眞有的話，你此刻的心情會是怎樣的呢？」

「在這兒，是嗎？」夫人也看了看自己的胸脯，卻毫無反應地說：「爲什麼要說這些呢？這種事與你有什麼相干。」

菊治的挑逗，對夫人似乎完全沒有效應。可是，菊治自己卻更來勁了。

「怎麼會不相干呢？雖說我八、九歲的時候，只看過一次那塊痣，但直到現在還浮現在我眼前吶。」

「爲什麼？」

「就說你吧，你也遭到那塊痣作祟嘛？還記得嗎，栗本打著家母和我的招牌，到你家去狠狠地數落過你。」

夫人點點頭，然後悄悄地縮回身子。菊治使勁地摟住她說：

「我想，就是在那個時候，她肯定還在不斷地意識到自己胸脯上的那塊痣，所以出手才更狠。」

「算了，你在嚇唬人吶。」

「也許是要報復一下家父這種心情在起作用吧。」

「報復什麼呢？」

「由於那塊痣，她始終很自卑，認定是由於這塊痣，自己才被拋棄的。」

「請不要再談痣的事了，談它只會使人不舒服。」

夫人似乎無意去想像那塊痣。

「如今栗本無須介意什麼痣的事，日子過得滿順心的嘛。那種苦惱早已過去了。」

「苦惱一旦過去，就不會留下痕跡嗎？」

「一旦過去，有時還會令人懷念呢。」夫人說。

她恍如還在夢境中。

菊治本不想談的唯一一件事，也都吐露了出來。

「剛才在茶席上坐在你身旁的小姐……」

「啊，是雪子，稻村先生的千金。」

「栗本邀我去，是想讓我看看這位小姐。」

「是嗎？」

夫人睜開了她那雙大眼睛，目不轉睛地望著菊治。

「原來是相親呀？我一點也沒有察覺到。」

「不是相親。」

「原來如此呀？是相過親後回家的啊。」

夫人潸然淚下，淚珠成串地落在枕頭上。她的肩膀在顫動。

「不應該呀，太不應該啦！爲什麼不早些告訴我？」

夫人把臉伏在枕頭上哭了起來。

毋寧說，菊治是沒料想到的。

「管它是相親回來也罷，不是也罷，要說不應該那就不應該吧。那件事與這件事沒有關係。」菊治說。他心裡也著實這樣想。

不過，稻村小姐點茶的姿影又浮現在菊治腦海裡。他彷彿又看到綴有千羽鶴的粉紅色包袱皮。

相反，哭著的夫人的身軀就顯得醜惡了。

「啊！太不好意思啦。罪過啊。我是個要不得的女人吧。」

夫人說罷，她那圓匀肩膀又顫抖起來。

對菊治來說，假使說後悔，那無疑是因為覺得醜惡。就算相親一事另作別論，她到底是父親的女人。

不過，直到此時，菊治既不後悔，也不覺得醜惡。

菊治也不十分清楚自己為什麼會與夫人陷入這種狀態。事態的發展就是這麼自然。也許夫人剛才的話是後悔自己誘惑了菊治。但是，恐怕夫人並沒有打算去誘惑他，再說菊治也不覺得自己被人引誘。還有，從菊治的情緒來看，他也毫無抵觸，夫人也沒有任何拂逆。可以說，在這裡沒有什麼道德觀念的投影。

他們兩人走進坐落在與圓覺寺相對的山丘上的一家旅館，用過了晚餐。因為有關菊治父親的情況，還沒有講完。菊治並不是非聽不可，規規矩矩地聽著也顯得滑稽，可是，夫人似乎沒有考慮到這點，只顧眷戀地傾訴。菊治邊聽邊感到她那安詳的好意，彷彿籠罩在溫柔的情愛裡。

菊治恍如領略到父親當年享受的那種幸福。

要說不應該那就不應該吧。他失去了掙脫夫人的時機，而沉湎在心甜情致中。

然而，也許是因爲內心底裡潛藏著陰影，所以菊治才像吐毒似的，把近子和稻村小姐的事都說了出來。

結果，效應過大了。如果後悔就顯得醜惡，菊治對自己還想向夫人說些殘酷的事，驀地產生了一種自我嫌惡感。

「忘了這件事吧，它算不了什麼。」夫人說，「這種事，算不了什麼。」

「你只不過是想起家父的事吧。」

「喲！」

夫人驚訝地抬起頭來。剛才伏在枕頭上哭泣的緣故，眼皮都紅了。眼白也顯得有些模糊，菊治看到她那睜開的瞳眸裡還殘留著女人的倦怠。

「你要這麼說，也沒辦法。我是個可悲的女人吧。」

「才不是呢。」

說著，菊治猛然拉開她的胸襟。

「要是有痣，印象更深，是很難忘記的……」

菊治對自己的話感到震驚。

「不要這樣。這麼想看，我已經不年輕了。」

菊治露出牙齒貼近她。

夫人剛才那股感情的浪波又盪了回來。

菊治安心地進入夢鄉了。

在似夢非夢中，傳來了小鳥的鳴囀。在小鳥的啁啾中醒來，菊治覺得這種經歷好像還是頭一回。

活像朝露濡濕了翠綠的樹木，菊治的頭腦彷彿也經過了一番清洗，腦海裡沒有浮現任何雜念。

夫人背向菊治而睡。不知什麼時候又翻過身來。菊治覺得有點可笑，支起一隻胳膊肘，凝視著朦朧中的夫人的容顏。

第五章

茶會過後半個月，菊治接受了太田小姐的造訪。

菊治把她請進客廳之後，爲了按捺住心中的忐忑，親自打開茶櫃，把洋點心放在碟子裡，可還是無法判斷小姐是獨自來的呢，或是夫人由於不好意思進菊治家而在門外等候。

菊治剛打開客廳的門扉，小姐就從椅子上站起身來。她低著頭，緊抿著反咬合的下唇。這副模樣，映入了菊治的眼簾。

「讓你久等了。」

菊治從小姐身後走過去，把朝向庭院的那扇玻璃門打開了。

他走過小姐身後時，隱約聞到花瓶裡白牡丹的芳香。小姐的圓勻肩膀稍往前傾。「請坐！」

菊治說著，自己先落座在椅子上，怪鎮靜自若的。因爲他在小姐身上看到了她母親的面影。

「突然來訪，失禮了。」小姐依然低著頭說。

「不客氣。你好熟悉路呀。」

「哎。」

菊治想起來了。那天在圓覺寺，菊治從夫人那裡聽說，空襲的時候，這位小姐曾經相送父親到家門口。

菊治本想提這件事，卻又止住了。但是，他望著小姐。

於是，太田夫人那時的那份溫馨，宛如一股熱泉在他心中湧起。菊治想起夫人對一切都溫順寬容，使他感到無憂無慮。

大概是那時這份安心感起了作用的緣故，菊治對小姐的戒心也鬆弛下來。然而，他還是無法正面凝望她。

「我……」小姐話音剛落，就抬起了頭。

「我是爲家母的事來求您的。」

菊治屏住氣息。

「希望您能原諒家母。」

「啊？原諒什麼？」

菊治反問了一句，他覺察出夫人大概把自己的事，也坦率地告訴小姐了。

「如果說請求原諒的話，應該是我吧。」

「令尊的事，也希望您能原諒。」

「就說家父的事吧，請求原諒的，不也應該是家父嗎？再說，家母如今已經過世，就算要原諒，由誰原諒呢？」

「令尊那樣早就仙逝，我想也可能是由於家母的關係。還有令堂也……這些事，我對家母也都說過了。」

「那你過慮了。令堂真可憐。」

「家母先死就好了！」

小姐顯得羞愧至極，無地自容。

菊治察覺出小姐是在說她母親與自己的事。這件事，不知使小姐蒙受了多大的恥辱和傷害。

「希望您能原諒家母。」小姐再次拚命請求似地說。

「不是原諒不原諒的事。我很感謝令堂。」菊治也很明確地說。

「是家母不好。家母這個人很糟糕，希望您不要理睬她。再也不要去理睬她了。」

小姐急言快語，聲音都顫抖了。

「求求您！」

菊治明白小姐所說的原諒的意思，自然也包括不要理睬她母親。

「請您也不要再掛電話來⋯⋯」

小姐說著臉也緋紅了。她反而抬起頭來望著菊治，像是要戰勝那種羞恥似的。她噙著淚水。在睜開的黑溜溜的大眼睛裡，毫無惡意，像是在拚命地哀求。

「我全明白了。眞過意不去。」菊治說。

「拜託您了！」

小姐靦腆的神色越發濃重，連白皙的長脖頸都浸染紅了。也許是爲了突出細長脖頸的美，在洋服的領子上有白色的飾物。

「您打電話約家母，她沒有去，是我阻攔她的。她無論如何也要去，我就抱住她不放。」

小姐說，她稍鬆了口氣，聲調也和緩了。

菊治給太田夫人掛電話約她出來，是那次之後的第三天。電話聲傳來的夫人的聲音，確實顯得很高興，但她卻沒有如約到茶館來。

菊治只掛過這麼一次電話，後來他也沒有見過夫人。

「後來，我也覺得母親很可憐。不過，當時我無情地只顧拚命阻攔她。家母說，那麼文子，你替我回絕吧。可是我走到電話機前也說不出話來。家母直勾勾地望著電話機，潸然淚下。彷彿三谷先生就在電話機處似的。家母就是這麼一個人。」

兩人都沉默了一會兒，菊治說：

「那次茶會之後，令堂等我的時候，你爲什麼先回去呢？」

「因爲我希望三谷先生了解家母並不是那麼壞。」

「她太不壞了。」

小姐垂下眼瞼。漂亮的小鼻子下，襯托著地包天的嘴唇，典雅的圓臉很像她母親。

「我早知道令堂有你這樣一位千金，我曾設想過同這位小姐談談家父的事。」

小姐點點頭。

「我也曾這樣想過。」

菊治暗想著：要是與太田遺孀之間什麼事也沒有，能與這位小姐無拘無束地談談父親的事，該有多好。

不過，從心情上說，菊治衷心原諒太田的遺孀，也原諒父親與她的事，因爲菊治與這位遺孀之間不是什麼關係也沒有的緣故。難道這很奇怪嗎？

小姐大概覺得待得太久了，趕忙站起身來。

菊治送她出去。

「有機會再與你談談家父的事，還談談令堂美好的人品就好了。」

菊治只是隨便說說，可對方似乎也有同感。

「是啊。不過，您不久就要結婚了吧？」

「我嗎？」

「是呀。家母是這麼說的，您與稻村雪子小姐相過親了？……」

「沒這麼回事。」

邁出大門就是下坡道。坡道上約莫中段處有個小拐彎，由此回頭望去，只能看到菊治家的院裡的樹梢。

菊治聽了小姐的話，腦子裡忽地浮現出千羽鶴小姐的姿影。正在這時，文子停下了腳步向他道別。

菊治與小姐相反，爬上坡道回去了。

---

①桃山時代（一五七三～一六〇〇）在美濃地方由古田織部指導所燒製的陶器茶碗，織部茶碗由此得名。

森林的夕陽

第一章

近子給還在公司裡的菊治掛電話。

「今天直接回家嗎？」

當然回家，可是菊治露出不悅的神色說：

「是啊！」

「令尊歷年都照例在今天舉辦茶會，爲了令尊，今天請一定直接回家呀。一想起它，我就坐不住了。」

菊治沉默不語。

「我打掃茶室呀，喂喂，我打掃茶室的時候，突然想做幾道菜吶。」

「你現在在哪裡？」

「在府上，我已經到府上了。對不起，沒先跟你打招呼。」

菊治吃了一驚。

「一想起來，我就坐不住了呀。於是，我想：哪怕把茶室打掃打掃，心情也會平靜一些。本應先給你掛個電話，可我想你肯定會拒絕。」

菊治父親死後，茶室就沒用了。

菊治母親健在的時候，偶爾還進去獨自坐坐。不過，沒有在爐裡生火，只提了一壺開水進去。菊治不喜歡母親進茶室。他擔心那裡太冷清，母親不知會想些什麼。

菊治雖曾想窺視一下母親獨自在茶室裡的模樣，但終究沒窺見過。

不過，父親生前，張羅茶室事務的是近子。母親是很少進茶室的。

母親辭世後，茶室一直關閉著。父親在世時，充其量一年由在家裡幹活的老女傭打開幾次，通通風而已。

「從什麼時候開始沒有打掃？鋪席上再怎麼揩拭，都有一股發霉味，眞拿它沒辦法。」

近子的話越發放肆了。

「我一打掃，就想要做幾道菜。因爲是心血來潮，材料也備不齊，不過也稍許做好了準備，因此希望你直接回家來。」

「啊?!眞沒辦法啊。」

「菊治一個人太冷清了，不妨邀公司三、四位朋友一道來怎麼樣？」

「不行呀，沒有懂茶道的。」

「不懂更好，因爲準備得很簡單。請他們儘管放心地來吧。」

「不行。」

菊治終於冒出了這句話。

「是嗎？太令人失望了。怎麼辦呢？哦，請誰呢？令尊的茶友嘛……怎能請來？這麼吧，請稻村小姐來好不好？」

「開玩笑？你算了吧。」

「爲什麼？不是很好嗎。那件事，對方是有意思的，你再仔細觀察觀察，好好跟她談談不好嗎？今天我不妨邀請她，如果她來，就表明小姐行了。」

「不好！這件事就算了。」

菊治十分苦惱，說：

「算了。我不回家。」

「啊？瞧你說的。這種事，在電話裡說不清楚。以後再說吧。總之，事情的原委就是這樣，請早點回來吧。」

「所謂事情的原委，是什麼原委？我可不知道。」

「行了，就算我瞎操心。」

近子雖然這麼說，但是她那強加於人的氣勢還是傳了過去。

菊治不禁想起近子那塊占了半邊乳房的大痣。

於是，菊治聽見近子清掃茶室的掃帚聲，彷彿是掃帚在掃自己的腦海所發出的聲音似的，還覺得自己的腦子裡像是被她用揩鋪席邊的抹布揩拭一樣。

這種嫌惡感首先湧現了出來，可是近子竟趁他不在家，擅自登門，甚至隨意做起菜來，這的確是件奇怪的事。

爲了供奉父親，打掃一下茶室，或插上幾枝鮮花就回去，那還情有可原。

然而，在菊治怒火中燒，泛起一種嫌惡感的時候，稻村小姐的姿影猶如一道亮光在閃爍。

父親辭世後，菊治與近子自然就疏遠了。可是，她現在難道企圖以稻村小姐作爲引誘的手段，重新與菊治拉關係而糾纏不休嗎？

近子的電話，其語調照例露出她那滑稽的性格，有時還令人苦笑而缺乏警惕，同時聽起來還帶有命令式，實是咄咄逼人。

菊治思忖，之所以覺得咄咄逼人，那是因爲自己有弱點的緣故。既然懼怕弱點，對近子那隨意的電話就不能惱火。

近子是因爲抓住了菊治的弱點，才步步進逼的嗎？

公司一下班，菊治就去銀座，走進一家小酒吧間。

菊治雖然不得不按近子所說的回家去，可是他背著自己的弱點，越發感到鬱悶了。

圓覺寺的茶會後，在歸途中，菊治與太田的遺孀在北鎌倉的旅館裡，意外地住了一宿，看樣子近子不會知道，但不知從那以後她是不是見過太田遺孀。

菊治懷疑，電話裡近子那種強加於人的語氣，似乎不全是出於她的厚臉皮。不過，也許近子只是企圖按照她自己的做法，去進行菊治與稻村小姐的事。

菊治在酒吧間裡也安不下心來，便乘上了回家的電車。

國營電車經過有樂町，駛向東京站途中，菊治透過電車窗俯視了有成排高高的街樹的大街。

那條大街差不多同國營電車線形成直角，東西走向，正好反射了西照的陽光。宛如一塊金屬板，燦燦晃眼。但是，由於是從接受夕照的街樹的背面看的緣故，那墨綠色顯得特別深沉；樹蔭涼爽，樹枝舒展，闊葉茂盛。大街兩旁，是一幢幢堅固的洋樓。

這大街上的行人卻少得難以想像，寂靜異常，可以一直眺望到皇宮護城河的那邊。光亮晃眼的車道也是靜寂的。

從擁擠的電車廂裡俯視，彷彿只有這條大街才浮現在黃昏奇妙的時間裡，有點像外國的感覺。

菊治覺得，自己彷彿看見稻村小姐抱著綴有千羽鶴的粉紅色縐綢包袱皮小包，走在那林蔭路上。千羽鶴包袱皮十分顯眼。

菊治心情十分舒暢。

可是，菊治一想到這時候小姐也許已經到自己家裡了，心中不由得忐忑不安起來。話又說回來，近子在電話裡讓菊治邀請幾個朋友來，菊治不肯，她就說，那麼把稻村小姐請來吧，這是什麼打算呢？她是不是從一開始就有心要請小姐來呢？菊治還是不明白。

他一到家，近子急沖沖迎到門口，說：

「就一個人嗎？」

菊治點了點頭。

「一個人太好了。她來啦。」

近子說著走了過來，示意要把菊治的帽子和皮包接過來。

「你好像拐到什麼地方去了吧？」

菊治心想是不是自己臉上還帶著酒氣。

「你好像到哪兒去了？後來我又往公司掛了電話，說你已經走了，我還算了一下你回家的時間啦。」

「眞令人吃驚。」

近子擅自走進這家門，任意作爲，事前也不招呼一聲。

她尾隨菊治來到起居室，打算把女傭備好的放在那裡的和服給他換上。

「不麻煩你，對不起，我換衣服了。」

菊治只脫下上衣，像要甩開近子似地走進了藏衣室。

菊治在藏衣室裡換好衣服走了出來。

近子依然坐在那裡，說：

「獨身者，好佩服喲。」

「嗅。」

「這種不方便的生活，還是適可而止，結束算了。」

「看見老爸吃過苦頭，我以他爲戒呐。」

近子望了望菊治。

近子穿著借來的女傭的烹飪服。這本來是菊治母親的。近子把袖子捲了上去。

從手腕到袖子深處，白皙得不協調，胖呼呼的，胳膊肘內側突起扭曲的青筋，像塊又硬又厚的肉，菊治驀地感到很意外。

「還是請她進茶室好吧。小姐已在客廳裡坐著呢。」

近子有點故作莊重地說。

「哦，茶室裡裝上電燈嗎？點上燈，我還沒見過呢。」

「要不點上蠟燭，反而更有情趣。」

「我可不喜歡。」

近子像忽然想起來似地說：

「對了，剛才我掛電話邀請稻村小姐來的時候，她問是與家母一起去嗎？我說，如能一起光臨就更好。可是，她母親有別的事，最後決定小姐一個人來。」

「什麼最後決定，恐怕是你擅自做主的吧？突然請人家來，恐怕人家會覺得你相當失禮呢。」

「我知道，不過小姐已經到了。她肯來，我的失禮就自然消滅了，不是嗎？」

「爲什麼？」

「本來就是嘛。今天小姐既然來了，就表明她對上次的事還是有意思的吧。就算步驟有點古怪也沒關係呀。事情辦成後，你們倆就笑我栗本是個辦事古怪的女人好了。根據我的經驗，能辦成的事，不管怎樣，終究會辦成的。」

近子那不屑一顧的口氣，就像看透了菊治的心思。

「你已經跟對方說過了？」

「是，說過了。」

近子似乎在說，請你明確態度吧。

菊治站起身來，經過走廊向客廳走去。到了那棵大石榴樹近處，他試圖努力改變一下神色。不應該讓稻村小姐看到自己滿臉的不高興。

菊治望著陰暗的石榴樹影，近子的那塊痣又在腦海裡浮現出來。他搖了搖頭。客廳前面的庭石上還殘留著夕陽的餘暉。

客廳的拉門敞開著，小姐坐在靠近門口處。

小姐的光彩彷彿朦朧地照到寬敞客廳的昏暗的深處。

壁龕上的水盤裡插著菖蒲。

小姐繫的也是綴有菖蘭花樣的腰帶。可能是偶然，不過它洋溢著季節感，這種表現也許就不是偶然了。

壁龕裡插的花不是菖蘭而是菖蒲，所以葉子和花都插得較高。從花的感覺上看，就知道這是近子剛插上的。

第二章

翌日星期天，是個雨天。

午後，菊治獨自進入茶室，收拾昨日用過的茶具。

也是爲了眷戀稻村小姐的餘香。

菊治讓女傭送雨傘來，他剛從客廳走下庭院，踏在踏腳石上，只見屋簷下的架水槽有的地方破了，雨水嘩嘩地落在石榴樹前。

「那兒該修了。」

菊治對女傭說。

「是啊。」

菊治想起來了。自己老早就惦掛過這件事，每當雨夜，上床後也聽見那滴水聲。

「但是，一旦維修，這裡要修那裡也要修，就沒完沒了啦。倒不如趁不很厲害的時候，把它賣掉好。」

「最近擁有大宅院的人家都這麼說。昨天，小姐也驚訝地說，這宅邸眞大。看樣子小姐會住進這宅邸吧。」

女傭想說：不要賣掉。

「栗本師傅是不是說了這類話？」

「是的，小姐一來，師傅就帶她參觀宅內各個地方。」

「哦?!這種人眞少見。」

昨天，小姐沒有對菊治談過這件事。

菊治以爲小姐只是從客廳走進茶室，所以今天自己不知怎的，也想從客廳到茶室走走。

菊治昨夜通宵未能成眠。

他覺得茶室裡彷彿還飄忽著小姐的芳香，半夜裡還想起床進茶室。

「她永遠是另一個世界的人啊！」

爲了使自己成眠，他不禁把稻村小姐想成這樣的人。

這位小姐竟願意在近子的引領下四處看了看。菊治對此感到十分意外。

菊治吩咐女傭往茶室裡送炭火，爾後隨著踏腳石走去。

昨晚，近子要回北鎌倉，所以與稻村小姐一起出門了。茶後的拾掇，交給女傭去完成。

菊治只需檢查一下擺在茶室一角上的茶具是不是擺對就行了，可是他不很清楚原來放在什麼地方。

「栗本比我更清楚啊。」

菊治喃喃自語，觀賞起掛在壁龕裡的歌仙畫來。

這是法橋宗達①的一副小品，在輕墨線描上添上了淡彩。

「畫的是誰呢？」

昨天，稻村小姐問過，菊治沒有答上來。

「這個嘛，是誰呢？沒有題歌，我也不知道。這類畫畫的是歌人的模樣，差不多都是一個模樣。」

「可能是宗于②吧。」近子插嘴說，「和歌說的是，常磐松翠綠，春天色更鮮。論季節稍嫌晚了些，不過令尊很喜歡，春天裡常把它掛出來。」

「難說，究竟畫的是宗于呢還是貫之③？僅憑畫面是難以辨別出來的。」

菊治又說了一句。

今天再看，這落落大方的面容，究竟是誰，簡直辨別不出來。

不過，在勾勒幾筆的小畫裡，卻令人感到巨大的形象。這樣欣賞了一會兒，彷彿有股清香散發出來。

菊治從這歌仙畫，或昨日客廳裡的菖蒲，都可以聯想到稻村小姐。

「我在燒水，想讓水多燒開一會兒，送來晚了。」

女傭說著送來了炭火和燒火壺。

茶室潮濕，菊治只想要火，沒打算要燒水。

但是，女傭一聽到菊治說要火，機靈地連開水也準備好了。

菊治漫不經心地添了些炭，並把燒水壺坐了上去。

菊治從孩提起就跟隨父親，熟悉茶道的規矩，但卻沒有興趣自己來點茶。父親也沒有誘導他學習茶道。

現在，水燒開了，菊治只是把燒水壺蓋錯開，呆呆地坐在那裡。

茶室裡還有股霉味，鋪席也是潮呼呼的。

顏色古雅的牆壁，昨天反而襯出了稻村小姐的姿影，而今天則變得幽暗了。

因為這種氛圍猶如人住洋房，而卻身穿和服一樣。

「栗本突然邀請你來，可能使你感到為難了。在茶室裡接待，也是栗本擅自做的主。」

昨天，菊治對小姐這樣說了。

「師傅告訴我說，歷年的今天都是令尊舉辦茶會的日子。」

「據說是的。不過，這種事我全忘了，也沒想過。」

「在這樣的日子裡，把我這個外行人叫來，這不是師傅挖苦人嗎？因爲最近我也很少去學習。」

「連栗本也是今早才想起來，便匆匆打掃了茶室。所以，還有股霉味吧。」

菊治含糊不清地說：

「不過，同樣會相識的，如果不是栗本介紹就好了，我覺得對稻村小姐很過意不去。」

小姐覺得有點蹊蹺似地望了望菊治。

「爲什麼呢？如果沒有師傅，就沒有人給我們引見了嘛。」

這著實是簡單的抗議，不過也確是眞實的。

的確，如果沒有近子，也許兩人在這人世間就不會相見。

菊治彷彿挨了迎面射過來的、像鞭子般的閃光抽打似的。

於是，聽起來小姐的語氣像是同意這樁與菊治提親的事。菊治有這種感覺。

小姐那種似覺蹊蹺的目光，也是促使菊治感覺到那種閃光的原因。

但是，菊治直呼近子爲栗本，小姐聽起來會有什麼感覺呢？儘管時間短暫，可是近子畢竟是菊治父親的女人，這點，小姐是不是已經知道了呢？

「在我的記憶裡，栗本也留下了令人討厭的地方。」

菊治的聲音有點顫抖。

「我不願意讓她接觸到我的命運問題。我簡直難以相信，稻村小姐怎麼會是她介紹的。」

話剛說到這裡，近子把自己的食案也端了出來。談話中斷了。

「我也來作陪。」

近子說罷跪坐下來，稍許彎著背，彷彿要鎮定一下剛幹完活的喘息，就勢察看了小姐的神色。

「只有一位客人，顯得有點清靜。不過，令尊定會高興的吧。」

小姐垂下眼簾，老實地說：

「我，沒有資格進令尊的茶室呀。」

近子當做沒聽見這句話，只顧接著把自己想到的和盤托出，諸如菊治的父親生前是如何使用這間茶室的等等。

看樣子近子斷定這門親事談成了。

臨走時，近子在門口說：

「菊治少爺也該回訪稻村府上……下次就該商談日子了。」

小姐點了點頭，像是要說些什麼，卻沒有說出口，驀地現出一副本能的羞怯姿態。菊治始料未及。他彷彿感到了小姐的體溫。

然而，菊治不由得像被裹在一層陰暗而醜惡的帷幕裡似的。

即使到了今天，這層帷幕也沒能打開。

不僅是給他介紹稻村小姐的近子不純潔，菊治自身體內也不乾淨。

菊治不時胡思亂想：父親用齷齪的牙齒咬住近子胸脯上的那塊痣……父親的形象與自己也聯繫在一起了。

小姐對近子並不介意，可是菊治對近子卻耿耿於懷。菊治懦怯、優柔寡斷，雖說不完全是由於這個緣故，但也是原因之一吧。

菊治裝出嫌惡近子的樣子，讓人看來她與稻村小姐提親是近子強加於他的。再說，近子就是這樣一個可以很方便地受人利用的女人。

菊治覺得這點偽裝可能已被小姐看穿，於是猶如當頭挨了一棒。這時，菊治才發現這樣一個自己，不禁愕然。

用過膳後，近子站起身準備去泡茶的時候，菊治又說：

「如果說栗本的命運就是操縱我們的，那麼在對這種命運的看法上，稻村小姐與我相距很遠。」

這話裡有某種辯解的味道。

父親辭世後，菊治不喜歡母親一個人進入茶室。

現在，菊治還是這樣認爲，如果雙親和自己獨自一人在茶室裡，都會各想各的事。

雨點敲打著樹葉。

在這音響中，傳來的雨點敲打雨傘的聲音越來越近。女傭在拉門外說：

「太田女士來了。」

「太田女士？是小姐嗎？」

「是夫人。好像有病，人很憔悴……」

菊治頓時站起身來，卻又佇立不動。

「請夫人上哪間？」

「請到這裡就行。」

「是。」

太田遺孀連雨傘也沒打就過來了。可能是將雨傘放在大門口吧。

菊治以爲她的臉被雨水濡濕，卻原來是淚珠。

因爲從眼眶裡不斷地湧流到臉頰上，這才知道是眼淚。

開始菊治太粗心，竟忽然以爲是雨水。

「啊！你怎麼啦？」

菊治呼喊似地說了一聲，就迎了過去。

夫人剛一落座在外廊上，雙手就拄地了。

眼看著就要癱倒在菊治身上。

門檻附近的走廊全被雨水打濕了。

夫人依然熱淚潸潸，菊治竟又以爲是雨滴。

夫人的視線沒有離開過菊治，彷彿這樣才能支撐住倒不下去。菊治也感到假如避開這視線，定會發生某種危險。

夫人眼窩凹陷，布上了小皺紋，眼圈發黑。並且奇妙地成了病態性的雙眼皮，那雙噙著晶瑩淚珠的眼睛，露出了苦悶地傾訴的神色，蘊含著無可名狀的柔情。

「對不起，很想見你，實在是按捺不住了。」夫人和藹可親地說。

她的姿影也是脈脈含情的。

夫人憔悴不堪。假如她沒有這份柔情，菊治彷彿就無法正視她。

菊治爲夫人的苦痛，心如刀絞。雖然他明知夫人的苦痛是因爲自己的緣故，但是他卻有一種錯覺，在夫人這份柔情的影響下，自己的痛苦彷彿也和緩了下來。

「會被淋濕的，請快上來。」

菊治突然從夫人的背後深深地摟住她的胸部，幾乎是把她拖著上來的。這動作顯得有些粗暴。

夫人試圖使自己站穩，說：

「放開我。很輕吧？請放開我。」

「是啊！」

「很輕，近來瘦了。」

菊治對自己冷不防地把夫人抱了起來，有些震驚。

「小姐會擔心的，不是嗎？」

「文子？」

聽夫人這種叫法，菊治還以爲文子也來了。

「小姐也一起來的嗎？」

「我瞞著她……」夫人哽咽著說，「這孩子總盯著我不放。就是在半夜裡，只要我有什麼動靜，她立即醒過來。由於我的緣故，這孩子也變得有些古怪了。有時她會問，媽媽爲什麼只生我一個呢？甚至說出這種可怕的話：哪怕生三古先生的孩子，不也很好嗎？」

夫人說著，端正了坐姿。

可能是文子不忍心看著母親的憂傷而發出的悲鳴吧。

儘管如此，文子說的「哪怕生三古先生的孩子，不也很好嗎」這句話刺痛了菊治。

「今天，說不定她也會追到這裡來。我是趁她不在家溜出來的……天下雨，她可能認爲我不會外出吧。」

「是的，她可能以爲我體弱，下雨天外出走不動吧。」

「怎麼，下雨天就……」

菊治只是點了點頭。

「前些天，文子也到這裡來過吧。」

「來過。小姐說：請原諒家母吧。害得我無從回答。」

「我完全明白這孩子的心思，可我爲什麼又來了呢？啊！太可怕了。」

「不過，我很感謝你吶。」

「謝謝。僅那次，我就該知足了。可是……後來我很內疚，眞對不起。」

「可是，你理應沒什麼可顧慮的。如果說有，那就是家父的亡靈吧。」

然而，夫人的臉色，不爲菊治的話所動。菊治彷彿沒抓住什麼。

「讓我們把這些事都忘了吧！」夫人說，「不知怎的，我對栗本師傅的電話竟那麼惱火，眞不好意思。」

「栗本給你掛電話了？」

「是的，今天早晨，她說你與稻村小姐的事已經定下來了……她爲什麼要通知我呢？」

太田夫人再次噙著眼淚，卻又意外地微笑了。那不是破涕爲笑，著實是天眞的微笑。

「事情並沒有定下來。」菊治否認說，「你是不是讓栗本覺察出我的事了呢？那次之後，你與栗本見過面嗎？」

「沒見過面。不過，她很可怕，也許已經知道了。今天早晨打電話的時候，她肯定覺得奇怪。我眞沒用啊，差點暈倒，好像還喊了些什麼。儘管是在電話裡，可是對方肯定會聽出來。因爲她說：『夫人，請你不要干擾。』」

菊治緊鎖雙眉，頓時說不出話來。

「說我干擾，這種……關於你與雪子小姐的事，我只覺得自己不好。從清早起我就覺得栗本師傅太可怕了，令人毛骨悚然，在家裡實在待不住了。」

夫人說著像中了邪似的，肩膀顫抖不已，嘴唇向一邊歪斜，彷彿吊了上去，顯出一副老齡人的醜態。

菊治站起身走過去，伸出手像要按住夫人的肩膀。

夫人抓住他的這隻手，說：

「害怕，我害怕呀！」

夫人環顧了一下四周，怯生生的，突然有氣無力地說：

「這間茶室？」

菊治不很明白她這句話是什麼意思，曖昧地答道：

「是的。」

「是間好茶室啊！」

不知夫人是想起已故丈夫不時受到邀請的事呢，還是憶起菊治的父親。

「是初次嗎？」菊治問。

「是的。」

「你在看什麼呢？」

「不，沒看什麼。」

「這是宗達的歌仙畫。」

夫人點了點頭，就勢垂下頭來。

「你以前沒到過寒舍嗎？」

「哎，一次也沒來過。」

「是嗎？」

「不，只來過一次，令尊遺體告別式……」

說到這裡，夫人的話聲隱沒了。

「水開了，喝點茶好嗎？可以解除疲勞，我也想喝。」

「好，可以嗎？」

夫人剛要站起，就打了個趔趄。

菊治從擺在一角上的箱子裡，把茶碗等茶具取了出來。他意識到這些茶具都是稻村小姐昨天用過的，但他還是照樣取了出來。

夫人想取下燒水鍋的蓋子，可是手不停地哆嗦，鍋蓋碰到鍋上，發出了小小的響聲。

夫人手持茶勺，胸略前傾，淚水濡濕了鍋邊。

「這只燒水鍋，也是我請令尊買下來的。」

「是嗎？我都不了解。」菊治說。

即使夫人說這原先是她已故丈夫的燒水鍋，菊治也沒有反感。他對夫人這種直率的談吐，也不感到奇怪。

夫人點完茶後說：

「我端不了，請你過來好嗎？」

菊治走到燒水鍋旁，就在這裡喝茶。

夫人好像昏過去似的，倒在菊治的膝上。

菊治摟住夫人的肩膀，她的脊背微微地顫了顫，呼吸似乎越發微弱了。

菊治的胳膊像抱住一個嬰兒，夫人太柔弱了。

第三章

「太太！」

菊治使勁搖晃著夫人。

菊治雙手揪住她咽喉連胸骨處，像勒住她的脖頸似的。這才知道她的胸骨比上次看到的更加突出。

「對太太來說，家父和我，你辨別得出來嗎？」

「你好殘酷啊！不要嘛。」

夫人依然閉著眼睛嬌媚地說。

夫人似乎不願意馬上從另一個世界回到現世中來。

菊治的提問，與其說是衝著夫人，毋寧說是衝著自己內心底裡的不安。

菊治又老實地被誘入另一個世界。這只能認爲是另一個世界。在那裡，似乎沒有什麼菊治的父親與菊治的區別。那種不安甚至是後來才萌生的。

夫人彷彿非人世間的女子，甚至令人以爲她是人類以前的或是人類最後的女子。

夫人一旦走進另一個世界，令人懷疑她是不是就不會分辨出亡夫、菊治的父親和菊治之間的區別了。

「你一旦想起父親，就把父親和我看成一個人了是不是？」

「請原諒，啊！太可怕了，我是個罪孽多麼深重的女人啊！」

夫人的眼角湧出成串的眼淚。

「啊！我想死，眞想死啊！如果此刻能死，該多麼幸福啊！剛才菊治少爺不是要卡我的脖子嗎？爲什麼又不卡了呢？」

「別開玩笑了。不過，你這麼一說，我倒想卡一下試試吶。」

「是嗎？那就謝謝啦。」

夫人說著把稍長的脖頸伸得更長了。

「現在瘦了，好卡。」

「恐怕不忍心留下小姐去死吧。」

「不，照這樣下去，終歸也會累死的。文子的事就拜託菊治少爺了。」

「你是說小姐和你一樣吧。」

夫人放心地睜開了眼睛。

菊治爲自己的話大吃一驚。簡直是意想不到的話。

不知夫人是怎樣理解的。

「瞧！脈搏這麼亂……活不長了。」

夫人說著握住菊治的手，按在乳房下。

也許菊治的話使她震驚才心臟悸動的吧。

「菊治少爺多大了？」

菊治沒有回答。

「不到三十吧？眞糟糕，實在是個可悲的女人！我確實不知道。」

夫人支起一隻胳膊，斜斜地坐著，彎曲著雙腿。

菊治坐好。

「我呀，不是爲玷污菊治少爺與雪子小姐的婚事才來的。不過，已經無法挽回了。」

「我並沒有決定要結婚。既然你那麼說，我覺得這是你替我把我的過去洗刷乾淨了。」

「是嗎？」

「就說當媒人的栗本吧，她是家父的女人。那女人要擴散過去的孽債。你是家父最後的女人，我覺得家父也很幸福。」

「你還是與雪子小姐早點結婚吧。」

「這是我的自由。」

夫人頓覺眼前一片模糊，她望著菊治，臉頰發青，扶著額頭。

「我覺得頭暈眼花。」

夫人說她無論如何也要回家，菊治就叫了車子，自己也坐了上去。

夫人閉著雙眼，靠在車廂的一角。看來她那無依靠的不安姿態，似乎有生命的危險。

菊治沒有進夫人的家。下車時，夫人從菊治的掌心裡抽出冰涼的手指，她的身影一溜煙似地消失了。

當天深夜兩點左右，文子掛來了電話。

「三谷少爺嗎？家母剛才……」

話說到這兒就中斷了，但接著很清楚地說：

「辭世了。」

「啊？令堂怎麼了？」

「過世了。是心臟痲痺致死的。近來她服了很多安眠藥。」

菊治沉默不語。

「所以……我想拜託三谷少爺一件事。」

「說吧。」

「如果三谷少爺有位相熟的大夫，可能的話，請您陪他來一趟好嗎？」

「大夫？是大夫嗎？很急吧？」

菊治大吃一驚，還沒請大夫嗎？忽地明白過來了。

夫人自殺了。爲了掩飾此事，文子才拜託菊治的。

「我知道了。」

「拜託您了。」

文子肯定經過深思熟慮，才給菊治掛來電話的。所以她才用鄭重其事的口吻，只講了要辦的事吧。

菊治坐在電話機旁，閉上了雙眼。

在北鎌倉的旅館裡，與太田遺孀共度一宿，歸途中在電車上看到的夕陽，忽然浮現在菊治的腦海裡。

那是池上本門寺森林的夕陽。

通紅的夕陽，仿如從森林的樹梢掠過。

森林在晚霞的映襯下，浮現出一片黢黑。

掠過樹梢的夕陽，也刺痛了疲憊的眼睛，菊治閉上了雙眼。

這時，菊治驀地覺得稻村小姐包袱皮上的千羽鶴，就在眼睛裡殘存的晚霞中飛舞。

①宗達（生卒年不詳），江戶初期的畫家，擅長水墨畫。

②宗于（?～九三九），平安時代三十六歌仙之一。

③紀貫之（?～九四五），平安時代三十六歌仙之一，撰集《古今和歌集》並撰假名序。

志野彩陶

第一章

菊治去太田家，是在給太田夫人做過頭七的翌日。

菊治本打算提前下班，因爲等公司下班後再去就傍黑了。可是，他剛要走，又躊躇不決，心神不定，直到天已擦黑，都未能成行。

文子來到大門口。

「呀！」

文子雙手扶地施禮，就勢抬頭望了望菊治。她的雙手像是支撐著她那顫抖的肩膀。

「感謝您昨天送來的鮮花。」

「不客氣。」

「我以爲您送了花，就不會來了。」

「是嗎？也有先送花，人後到的嘛。」

「不過，這我沒想到。」

「昨天，我也來到附近的花鋪了……」

文子坦誠地點了點頭說：

「雖然花束沒有寫上您的名字，可是我當時就立刻知道了。」

菊治想起，昨天自己站在花鋪內的花叢中，思念著太田夫人的情景。

菊治想起了花香忽然緩解了他懼怕罪孽的心緒。

現在文子又溫柔地迎接菊治。

文子身著白地棉布服裝。沒有施脂粉，只在有些乾涸的嘴唇上淡淡地抹了點口紅。

「我覺得昨天還是不來的好。」菊治說。

文子把膝蓋斜斜地挪動了一下，示意菊治請上來吧。

文子在門口寒暄，似乎是爲了不哭出來。不過，她再接著說下去，說不定就會哭泣起來了。

「只收到您的花，都不知道有多麼高興了。就說昨天，您也可以來嘛。」

文子在菊治的背後站起身，跟著走過來說。

菊治竭力裝作輕鬆的樣子說：

「我顧慮會給府上的親戚印象不好，就沒趣了。」

「我已經不考慮這些了。」文子明確地說。

客廳裡，骨灰壇前立著太田夫人的遺像。

壇前只供奉著菊治昨天送來的花。

菊治感到意外。只留下菊治送的花，文子是不是把別人送的花都處理掉呢？

不過，菊治又有這種感覺：也許這是個冷冷清清的頭七。

「這是水罐子吧。」

文子明白菊治說的是花瓶的事。

「是的。我覺得正合適。」

「好像是件很好的志野陶吶。」

做水罐用，有點小了。

插的花是白玫瑰和淺色石竹花，不過，花束與筒狀的水罐很是相稱。

「家母也經常插花，所以沒把它賣掉，留下來了。」

菊治跪坐在骨灰壇前進了香，雙手合十，閉上了眼睛。

菊治向死者謝罪。然而，感謝夫人的愛這種情思流遍體內，彷彿還受到它的嬌縱。

夫人是因爲罪惡感逼得走投無路才自殺的呢？還是被愛窮追無法控制才尋死的？使夫人尋短見的究竟是愛還是罪？菊治思考了一週，仍然不得其解。

眼下在夫人靈前瞑目，腦海裡雖然沒有浮現出夫人的肢體，但是夫人那芳香醉人的觸感，卻使菊治沉湎在溫馨之中。說也奇怪，菊治之所以沒感到不自然，也是夫人的緣故。雖說是觸感復甦了，但那不是雕刻式的感覺，而是音樂式的感覺。

夫人辭世後，菊治夜難成眠，在酒裡加了安眠藥。儘管如此，還是容易驚醒，夢很多。

但不是受噩夢的威脅，而是夢醒之際，不時湧上一種甘美的陶醉感。醒過來後，菊治也是精神恍惚的。

菊治覺得奇怪，一個死去的人，竟讓人甚至在夢中都能感覺到她的擁抱。以菊治膚淺的經驗來看，實在無法想像。

「我是個罪孽多麼深重的女人啊！」

記得夫人與菊治在北鎌倉的旅館裡共宿的時候，以及來菊治家走進茶室的時候，都曾說過這樣一句話。正像這句話反而引起夫人愉快的戰慄和抽泣那樣，現在菊治坐在夫人靈前思索著促使她尋死的事，如果說這是罪的話，那麼夫人說罪這句話的聲音，又會重新旋蕩在耳際。

菊治睜開了眼睛。

文子坐在菊治背後抽噎。她偶然哭出一聲，又強忍了回去。

菊治這時不便動，問道：

「這是什麼時候拍的照片？」

「五、六年前拍的，是小照片放大的。」

「是嗎？不是點茶時拍的嗎？」

「喲！您很清楚嘛。」

這是一張把臉部放大了的照片。衣領合攏處以下被剪掉，兩邊肩膀也剪去了。

「您怎麼知道是點茶時拍的呢？」文子說。

「是憑感覺嘛。眼簾略下垂，那表情像是在做什麼事。雖說看不見肩膀，但也能看得出來她的身體在用力。」

「有點側臉，我猶疑過用不用這張，但這是母親喜歡的照片。」

「很文靜，是一張好照片。」

「不過，臉有點側還是不太好。人家進香時，她都沒看著進香者。」

「哦？這也在理。」

「臉扭向一邊，還低著頭。」

「是啊！」

菊治想起夫人辭世前一天點茶的情景。

夫人拿著茶勺潸然淚下，弄濕了燒水鍋邊。是菊治走過去端茶碗的。直到喝完茶，鍋邊上的淚水才乾。菊治剛一放下茶碗，夫人就倒在他的膝上了。

「拍這張照片的時候，家母稍胖了些。」文子說，爾後又含糊不清地說：「再說，這張照片太像我了，供在這裡，怎麼說呢，總覺得難爲情。」

菊治突然回過頭來看了看。

文子垂下眼簾。這雙眼睛剛才一直在凝望著菊治的背影。

菊治不能不離開靈前，與文子相對地坐了下來。

然而，菊治還有道歉的話對文子說嗎?!

幸虧供花的花瓶是志野陶的水罐。菊治在它前面將雙手輕輕地支在鋪席上，彷彿欣賞茶具似地凝望著它。

只見它白釉裡隱約透出紅色，顯得冷峻而溫馨，罐身潤澤，菊治伸手去撫摩它。

「柔和，似夢一般，我們也很喜歡志野的精品陶器。」

他本想說柔和的女人似夢一般，不過出口時省略了「女人」兩字。

「您要是喜歡，就當做家母的紀念物送給您。」

「不，不。」

菊治趕緊抬起頭來。

「如果您喜歡，請拿走吧。家母也會高興的。這東西似乎不錯。」

「當然是件好東西。」

「我也曾聽家母這樣說過，所以就把您送來的花插在上面。」

菊治情不自禁，熱淚盈眶。

「那麼，我收下了。」

「家母也一定會高興的。」

「不過，我可能不會把它當做水罐而當做花瓶用呢。」

「家母也用它插過花，您儘管用好了。」

「就是插花，也不是插茶道的花。茶道用具而離開茶道，那就太淒寂了。」

「我想不再學茶道了。」

菊治回過頭去看了看，就勢站起身來。菊治把壁龕旁邊的坐墊挪到靠近廊道這邊，坐了下來。

文子一直在菊治的後面，一動不動地保持一定的距離，跪坐在鋪席上，沒有用坐墊。

因爲菊治挪動了位置，結果形成了留下文子坐在客廳的正中央。

文子雙手手指微微彎曲地放在膝上，眼看手就要發抖，她握住了手。

「三谷少爺，請您原諒家母。」

文子說著深深地低下頭來。

她深深低頭的刹那間，菊治嚇了一跳，以爲她的身體就會倒下來。

「哪兒的話，請求原諒的應該是我。我覺得，『請原諒』這句話我都難以啓齒。更無法表示道歉，只覺得愧對文子小姐，實在不好意思來見你。」

「該慚愧的是我們啊！」

文子露出了羞恥的神色。

「簡直羞死人了。」

從她那沒有施粉黛的雙頰到白皙的長脖頸，微微地緋紅了。文子操心，人都消瘦了。

這淡淡的血色，反而令人感到文子的貧血。

菊治很難過地說：

「我想，令堂不知多麼恨我呢。」

「恨？家母會恨三谷少爺嗎？」

「不，不過，難道不是我促使她死的嗎？」

「我認爲家母是自己尋死的。家母辭世後，我獨自思考了整整一週。」

「從那以後你就一個人住在家裡嗎？」

「是的，家母與我一直是這樣生活過來的。」

「是我促使令堂死的啊！」

「是她自己尋死的。如果三谷少爺說是您促使她死的，那麼不如說是我促使家母死的。假使因爲母親死了，非要怨恨誰的話，那就只能怨恨我自己。讓別人感到有責任，或感到後悔，那麼家母的死就變成陰暗的、不純的了。我覺得，給後人留下反省和後悔，將會成爲死者的沉重負擔。」

「也許的確是這樣，不過，假使我沒有與令堂邂逅……」

菊治說不下去了。

「我覺得，只要您原諒死者，這就夠了。也許家母爲了求得您的原諒才死的。您能原諒家母嗎？」

文子說著站起身來走了。

文子的這番話，使菊治覺得在腦海裡卸下一層帷幕。

他尋思：眞能減輕死者的負擔嗎？

因死者而憂愁，難道就像詛咒死者而多犯愚蠢的錯誤嗎？死了的人是不會強迫活著的人接受道德的。

菊治又把視線投在夫人的照片上。

第二章

文子端著茶盤走了進來。

茶盤裡放著兩只筒狀茶碗：一只赤樂①與一只黑樂②。

她把黑樂茶碗放在菊治面前。

沏的是粗茶。

菊治端起茶碗，瞧了瞧茶碗底部的印記，冒失地問道：

「是誰的呢？」

「我想是了入③的。」

「赤色的也是嗎？」

「是的。」

「是一對吧。」

菊治說著，看了看赤茶碗。

這只赤茶碗，一直放在文子的膝前，沒有碰過。

這筒狀茶碗用來喝茶正合適，可是，菊治腦海裡忽然浮現一種令人討厭的想像。

文子的父親過世後，菊治的父親還健在的時候，菊治的父親到文子母親這兒來時，這對樂茶碗，不是代替一般茶杯而使用過嗎？菊治的父親用黑樂，文子的母親則用赤樂，這不就是作夫妻茶碗用的嗎？

如果是了入陶，就不用那麼珍惜了，也許還成了他們兩人旅行用的茶碗呢。

果眞如此，現在明知此情的文子還爲菊治端出這只茶碗來，未免太惡作劇了。

但是，菊治並不覺得這是有意的挖苦，或有什麼企圖。

他理解爲這是少女的單純的感傷。

毋寧說，菊治也感染上這種感傷了。

也許文子和菊治都被文子母親的死糾纏住，而無法背逆這種異樣的感傷。然而，這對樂茶碗加深了菊治與文子共同的悲傷。

菊治的父親與文子的母親之間，還有母親與菊治之間，以及母親的死，這一切文子都一清二楚。

也只有他們兩人同謀掩蓋文子母親自殺的事。

看樣子文子沏粗茶的時候哭過，眼睛微微發紅。

「我覺得今天來對了。」菊治說，「我理解文子小姐剛才的話，意思是說死者與活著的人之間，已經不存在什麼原諒或不原諒的事了。這樣，我得重新改變看法，認為已經得到令堂的原諒了，對嗎？」

文子點點頭。

「不然，家母也得不到您的原諒了。儘管家母可能不原諒她自己。」

「但是，我到這裡來，與你這樣相對而坐，也許是件可怕的事。」

「為什麼呢？」文子說著，望了望菊治：「您是說她不該死是嗎？家母死的時候，我也很懊喪，覺得家母不論受到多大的誤解，死也不成為她辯解的理由。因為死是拒絕一切理解的，誰都無從原諒她啊！」

菊治沉默不語，他思忖，原來文子也曾探索過死的秘密。

菊治沒想到會從文子那裡聽到「死是拒絕一切理解的」。

眼前，菊治實際所理解的夫人與文子所理解的母親，可能是大不相同的。

文子無法理解作為一個女人的母親。

不論是原諒人，或是被人原諒，菊治都處於蕩漾在女體的夢境般的波浪中。

這一對黑與赤的樂茶碗，彷彿也能勾起菊治如夢如痴的心緒來。

文子就不理解這樣的母親。

從母體內生出來的孩子，卻不懂得母體，這似乎很微妙。然而，母親的體態卻微妙地遺傳給了女兒。

從文子在門口迎接菊治的時候起，他就感受到一股柔情，這恐怕也有這種因素在內，那就是他在文子那張典雅的臉上，看到了她母親的面影。

如果說夫人在菊治身上看到了他父親的面影，才犯了錯誤，那麼菊治覺得文子酷似她母親，這就像用咒語把人束縛住的、令人戰慄的東西。不過，菊治卻又心甘情願地接受這種誘惑。

只要看一看文子那乾涸而小巧的、微帶反咬合的嘴唇，菊治就覺得無法與她爭辯了。怎麼做才能使這位小姐顯示一下反抗呢？

菊治閃過這樣的念頭。

「令堂太善良了，以致活不下去啊。」菊治說，「然而，我對令堂太殘酷了。有時難免以這種形式把自己道德上的不安推給了令堂。因爲我是個膽怯而懦弱的人……」

「是家母不好。家母太糟糕了。不論是與令尊，還是三谷少爺的事，我並不認爲這都是家母的性格問題。」

文子欲言又止，臉上飛起一片紅潮。血色比剛才好多了。

她稍微轉過臉去，低下頭來，彷彿要避開菊治的視線。

「不過，家母過世後，從第二天起我逐漸覺得她美了吧。」

「對死去的人來說，恐怕都一樣吧。」

「也許家母是忍受不了自己的醜惡才死的……」

「我認爲不是這樣。」

「加上，她苦悶得忍受不了。」

文子噙著眼淚。她大概是想說出有關母親對菊治的愛情吧。

「死去的人猶如已永存在我們心中的東西，珍惜它吧。」菊治說。

「不過，他們都死得太早了。」

看來文子也明白，菊治的意思是指他的與文子的雙親。

「你和我也都是獨生子女。」菊治接著說。

他的這句話引起他的聯想：假如太田夫人沒有文子這個女兒，也許他與夫子的事，會使他鎖在更陰暗、更扭曲的思維裡。

「聽令堂說，文子對家父也很親切。」

菊治終於把這句話和盤托出。本來是打算順其自然，有機會再說的。

他覺得不妨對文子說說有關父親把太田夫人當做情人而經常到這家裡來的事。

但是，文子突然雙手扶著鋪席施禮說：

「請原諒。家母實在太可憐了……從那時候起，她隨時都準備死了。」

文子說著就勢趴在鋪席上，紋絲不動，不一會兒就哭了起來，肩膀也鬆弛無力了。

菊治突然造訪，文子沒顧得上穿襪子。她把雙腳心藏在腰後，姿態確實像蜷縮著身子。

她那散亂在鋪席上的頭髮幾乎碰上那只赤樂筒狀茶碗。

文子雙手捂著淚潸潸的臉，走了出去。

良久，還不見她出來。菊治說：

「今天就此告辭了。」

菊治走到門口。

文子抱著一個用包袱皮包裹的小包走了過來。

「給您增加負擔了。這個，請您帶走吧。」

「啊？」

「志野罐。」

文子把鮮花拿出來，把水倒掉，揩拭乾淨，裝入盒子裡，包裝好。操作的麻利，使菊治十分驚訝。

「剛才還插著花，現在馬上讓我帶走嗎？」

「請拿著吧。」

菊治心想：文子悲傷之餘，動作才那麼神速的吧。

「那我就收下了。」

「您帶走就好，我就不拜訪了。」

「爲什麼？」

文子沒有回答。

「那麼，請多保重。」

菊治剛要邁出門口，文子說：

「謝謝您。啊，家母的事請別介意，早些結婚吧。」

「你說什麼？」

菊治回過頭來，文子卻沒有抬頭。

第三章

菊治把志野陶罐帶回家後，依然插上白玫瑰和淺色石竹花。

菊治覺得，太田夫人辭世後，自己才開始愛上了她。菊治總是被這種心情困擾著。

而且，他感到自己的這份愛，還是通過夫人的女兒文子的啓示，才確實領悟過來的。

星期天，菊治試著給文子掛個電話。

「還是一個人在家嗎？」

「是的。實在太寂寞了。」

「一個人住是不行的。」

「哎。」

「府上靜悄悄的，一切動靜在電話裡也聽得見吶。」

文子莞爾一笑。

「請位朋友來陪住，怎麼樣？」

「可是，我總覺得別人一來，家母的事就會被人家知道……」

菊治難以答話。

「一個人住，外出也不方便吧。」

「不會，把門鎖上就出去嘛。」

「那麼，什麼時候請您來一趟。」

「謝謝，過些日子吧。」

「身體怎麼樣？」

「瘦了。」

「睡眠好嗎？」

「夜裡基本上睡不著。」

「這可不好。」

「過些日子我也許會把這裡處理掉，然後到朋友家租間房住。」

「過些日子，是指什麼時候？」

「我想這裡一賣出手就……」

「賣房子？」

「是的。」

「你打算賣嗎？」

「是的。您不覺得賣掉好嗎？」

「難說，是啊！我也想把這幢房子賣掉。」

文子不言語。

「喂喂，這些事在電話裡沒法談清楚，星期天我在家，你能來嗎？」

「好。」

「你送的志野罐，我插了洋花，你若來，就請你把它當水罐用……」

「點茶？……」

「說不上是點茶，不過，不把志野陶當水罐用一回，太可惜了。何況茶具還是需要同別的茶道器具配合起來使用，以求相互輝映，不然就顯不出它眞正的美來。」

「可是，今天我比上次見面的時候顯得更加難看，我不去了。」

「沒有別的客人來。」

「可是……」

「是嗎？」

「再見！」

「多保重。好像有人來了。再見。」

來客原來是栗本近子。

菊治繃著臉，擔心剛才的電話是不是被她聽見了。

「連日陰鬱，好容易遇上個好天，我就來了。」

近子一邊招呼，視線早已落在志野陶上了。

「此後就是夏天，茶道將會閒一陣，我想到府上茶室來坐坐……」

近子把隨手帶來的點心連同扇子拿了出來。

「茶室恐怕又有霉味了吧。」

「可能吧。」

「這是太田家的志野陶吧，讓我看看。」

近子若無其事地說著，朝有花的那邊膝行過去。

她雙手扶席低下頭來時，骨骼粗大的雙肩呈現出像怒吐惡語的形狀。

「是買來的嗎？」

「不，是送的。」

「送這個？收了件相當珍貴的禮物呀。是遺物紀念吧？」

近子抬起頭，轉過身來說：

「這麼貴重的東西，還是買下來的好，不是嗎？讓小姐送，總覺得有點可怕。」

「好吧，讓我再想想。」

「請這麼辦吧。太田家的各式各樣的茶具都弄來了，不過，都是令尊買下來的。即使在照顧太田太太以後也……」

「這些事，我不想聽你說。」

「好，好。」

近子說著突然輕鬆地站起身來。

傳來了她在那邊同女傭說話的聲音。她套上烹飪服走了出來。

「太田太太是自殺吧。」近子突然襲擊似地說。

「不是。」

「是嗎？我一聽說就明白了。那個太太身上總飄忽著一股妖氣。」

近子望了望菊治。

「令尊也曾說過，那太太是個很難捉摸的女人。雖然以女人的眼光來看，又有所不同。怎麼說呢，她這個人嘛，總是裝出一副天真的樣子。跟我們合不來。黏糊糊的……」

「希望你別說死人的壞話了。」

「話雖這麼說，可是，死了的人不是連菊治少爺的婚事也來干擾了嗎？就說令尊吧，也被那個太太折磨得夠苦的了。」

菊治心想：受苦的恐怕是你近子吧。

父親與近子的關係，只是短暫的玩玩罷了。雖然不是由於太田夫人使近子怎麼樣，可是近子恨透了直至父親過世前還跟父親相好的太田夫人。

「像菊治少爺這樣的年輕人，是不會懂得那個太太的。她死了反而更好，不是嗎？這是實話。」

菊治不加理睬，把臉轉向一邊。

「連菊治少爺的婚事，她都要干擾，這怎麼受得了。她肯定覺得難爲情，可又按捺不住自己的妖性才尋死的。像她這種人，大概以爲死後還能見到令尊呢。」

菊治不禁打了個寒顫。

近子走下庭院，說：

「我也要在茶室裡鎮定一下心神。」

菊治久久紋絲不動地坐在那裡賞花。

潔白和淺紅的花色，與志野陶上的釉彩渾然一體，恍如一片朦朧的雲霧。

他腦海裡浮現出文子獨自在家裡哭倒的身影。

---

①②指樂氏燒製的赤、黑釉兩種陶茶碗。相傳是長次郎於天正年間（一五七三～一五九二）所創，由豐臣秀吉賜樂氏印，傳至今日。

③了入，是樂氏家第九代吉左衛門的稱號。

母親的口紅

第一章

菊治刷完牙回到臥室時，女傭已將牽牛花插在掛著的葫蘆花瓶裡。

「今天我該起來了。」

菊治雖然這麼說，可是又鑽進了被窩。

他仰臥著，在枕頭上把脖子扭向一邊，望著掛在壁龕一角上的花。

「有一朵已經綻開了。」

女傭說著退到貼鄰的房間。

「今天還請假吧？」

「啊，再休息一天。不過我要起來的。」

菊治患感冒頭痛，已經四、五天沒去公司上班了。

「在哪兒摘的牽牛花？」

「在庭院邊上，它纏著茗荷，開了一朵花。」

大概是自然生長的吧。花是常見的藍色，藤蔓纖細，花和葉都很小。

不過，插在像塗著古色古香的黑紅色漆的葫蘆裡，綠葉和蘭花倒垂下來，給人一種清涼的感覺。

女傭是父親在世時就一直幹下來的，所以略懂得這種雅趣。

懸掛的花瓶上，可以看見黑紅漆漸薄的花押，陳舊的盒子上也有「宗旦」的字樣。假如這是眞品，那麼它就是三百年前的葫蘆了。

菊治不太懂得茶道的插花規矩，就是女傭也不是很有心得。不過，早晨點茶，綴以牽牛花，使人覺得也滿合適。

菊治陷入尋思，將一朝就凋謝的牽牛花插在傳世三百年的葫蘆裡……他不覺地凝望了良久。

也許它比在同樣是三百年前的志野陶的水罐裡插滿西洋花更相稱吧。

然而，作爲插花用的牽牛花能保持多長時間呢？這又使菊治感到不安。

菊治對伺候他用早餐的女傭說：

「以爲那牽牛花眼看著就會凋謝，其實也不是這樣。」

「是嗎？」

菊治想起來了，自己曾打算在文子送給他作紀念的她母親的遺物志野水罐裡，插上一枝牡丹。

菊治把水罐拿回家時，牡丹的季節已經過了。不過那時，說不定什麼地方還會有牡丹花開吧。

「我都忘了家裡還有那只葫蘆什麼的，多虧你把它找了出來。」

「是。」

「你是不是見過家父在葫蘆裡插牽牛花？」

「沒有，牽牛花和葫蘆都是蔓生植物，所以我想可能……」

「哦？蔓生植物……」

菊治笑了，有點沮喪。

菊治在看報的過程中，覺得頭很沉重，就躺在飯廳裡。

「睡鋪還沒有收拾吧。」菊治說。

話音剛落，正洗東西的女傭一邊擦著濕手，一邊趕忙走了進來，說：

「我這就去拾掇。」

過後，菊治走進臥室一看，壁龕上的牽牛花沒有了。

葫蘆花瓶也沒有掛在壁龕上。

「唔。」

可能是女傭不想讓菊治看到快要凋謝的花吧。

雖然菊治聽到女傭說，牽牛花和葫蘆都是「蔓生植物」，忍不住笑了出來，但是，話又說回來，父親當年生活的那套規矩還保留在女傭的這些舉止上。

然而，志野水罐卻依然擺在近壁龕的正中央的地方。

如果文子來看到了，心裡無疑會想：太怠慢了。

文子贈送的這只水罐剛拿回來時，菊治立即插上潔白的玫瑰花和淺色的石竹花。

因爲文子在她母親靈前就是這樣做的。那白玫瑰和石竹花，就是文子爲母親做頭七的當天，菊治供奉的花。

菊治抱著水罐回家途中，在昨日請人把花送到文子家的同一家花鋪裡，買回了同樣的花。

可是後來，哪怕只是摸摸水罐，心也是撲通撲通地跳的，從此菊治就再也沒有插花了。

有時在路上行走，菊治看見中年婦女的背影，忽然被強烈地吸引住，待到意識過來的時候，不禁黯然，自言自語：

「簡直是個罪人。」

清醒之後再看，那背影並不像太田夫人。

只是腰圍略鼓起，像夫人而已。

瞬間，菊治感到一種令人顫抖的渴望，同一瞬間，陶醉與可怕的震驚重疊在一起，菊治彷彿從犯罪的瞬間清醒了過來。

「是什麼東西使我成為罪人的呢？」

菊治像要拂去什麼似地說，可是，回應的是，越發使他想見夫人了。

菊治不時感到活生生地撫觸到過世的人的肌膚。他想：如果不從這種幻覺中擺脫出來，那麼自己就無法得救了。

有時他也這樣想：也許這是道德的苛責，使官能產生病態吧。

菊治把志野水罐收進盒子裡後，就鑽進了被窩裡。

當他望著庭院的時候，雷鳴打響了。

雷聲雖遠，卻很激烈，而且響聲越來越近了。

閃電開始掠過庭院的樹木。

然而，傍晚的驟雨已經先來臨。雷聲遠去了。

庭院泥土飛濺了起來，雨勢異常凶猛。

菊治起身給文子掛電話。

「太田小姐搬走了……」對方說。

「啊？」

菊治大吃一驚。

「對不起。那……」

菊治想，文子已經把房子賣了。

「您知道她搬到什麼地方嗎？」

「哦，請稍等一下。」

對方似乎是女傭人。

她立即又回到電話機旁，好像是在念紙條，把地址告訴了菊治。

據說房東姓「戶崎」，也有電話。

菊治給那家掛電話找文子。

文子用爽朗的聲音說：

「讓您久等了，我是文子。」

「文子小姐嗎？我是三谷。我給你家掛了電話吶。」

「很抱歉。」

文子壓低了嗓門，聲音頗似她母親。

「什麼時候搬的家？」

「啊，是……」

「怎麼沒有告訴我。」

「前些日子已將房子賣了，一直住在友人這裡。」

「啊。」

「要不要把新址告訴您，我猶豫不定。開始沒打算告訴您，後來決定還是不該告訴您。可是近來又後悔沒有告訴您。」

「那當然是囉。」

「喲，您也這麼想嗎？」

菊治說著，頓覺精神清爽，彷彿身心被洗滌過一樣。透過電話，也有這種感覺嗎？

「我一看到你送給我的那個志野水罐，就很想見你。」

「是嗎？家裡還有一件志野陶呢。那是一只小的筒狀茶碗。那時，我曾想過是不是連同水罐一起送給您，不過，因爲家母曾用它來喝茶，茶碗邊上還透出母親的口紅的印跡，所以……」

「啊？」

「家母是這麼說的。」

「令堂的口紅會沾在陶瓷器上不掉嗎？」

「不是沾上不掉。那件志野陶本來就帶點紅色，家母說，口紅一沾上茶碗邊，揩也揩試不掉。家母辭世後，我一看那茶碗邊，彷彿有一處瞬間顯得格外的紅。」

文子這句話是無意中說出來的嗎？

菊治不忍心聽下去，把話題岔開，說：

「這邊傍晚的驟雨很大，那邊呢？」

「簡直是傾盆大雨，雷聲嚇得我都縮成一團了。」

「這場雨過後，會涼爽些吧。我也休息了四、五天，今天在家，如果你願意，請來吧。」

「謝謝。我本打算，要拜訪也要待我找到工作之後再去。我想出去做事。」

沒等菊治回答，文子接著說：

「接到您的電話，我很高興，我這就去拜訪。雖然我覺得不應該再去見您……」

菊治盼著驟雨過去，他讓女傭把鋪蓋收起來。

菊治對自己居然掛電話把文子請來，頗感驚訝。

但是，他更沒有料到，他與太田夫人之間的罪孽陰影，竟由於聽了她女兒的聲音，反而消失得一乾二淨。

難道女兒的聲音，會使人感到她母親彷彿還活著嗎？

菊治刮鬍子時，把帶著肥皂沫的鬍子屑甩在庭院樹木的葉子上，讓雨滴濡濕它。過了晌午，菊治滿以爲文子來了，到門口一看，卻原來是栗本近子。

「哦，是你。」

「天氣又熱起來了，久疏問候，今天來看看你。」

「我身體有點不舒服。」

「得多加珍重呀，氣色也不怎麼好。」

近子蹙額，望著菊治。

菊治以爲文子是一身洋裝打扮，可傳來的卻是木屐聲，自己怎麼竟錯以爲是文子呢，眞滑稽。菊治一邊這樣想，一邊又那樣說：

「修牙了吧。好像年輕多了。」

「趁梅雨天得閒就去……整得太白了些，不過很快就會變得自然了，沒關係。」

近子走進菊治剛才躺著的客廳，望了望壁龕。

「什麼都沒擺設，清爽宜人吧。」菊治說。

「是啊，是梅雨天嘛。不過，哪怕擺點花……」

近子說著回轉身來問道：

「太田家的那件志野陶，怎麼樣了？」

菊治不言語。

「還是把它退回去，不是很好嗎？」

「這是我的自由。」

「那也不是呀。」

「至少不該受你指使吧。」

「那也不見得吧。」

近子露出滿嘴潔白的假牙，邊笑邊說：

「今天我就是爲徵求你的意見才來的。」

話音剛落，她突然張開雙手，好像在袪除什麼似的。

「要把妖氣從屋裡都趕出去，不然……」

「你別嚇唬人。」

「但是，作爲媒人，我今天要提出一個要求。」

「如果還是稻村家小姐的事，難爲你一番好意，我拒絕聽。」

「喲，喲，不要因爲討厭我這個媒人，把愜意的這門親事也給推掉，這豈不是顯得氣量太小了嘛。媒人搭橋，你只顧在橋上走就行，令尊當年就是無所顧忌地利用了我的嘛。」

菊治露出厭煩的神色。

近子有個毛病，一旦說得越起勁，肩膀就聳得越高。

「這是當然的，我與太田夫人不同。比較簡單，就連這種事也毫不隱藏，一有機會，就一吐爲快，但遺憾的事，在令尊的外遇數字裡，我也數不上啊。只是曇花一現……」

近子說著低下頭來。

「不過，我一點兒也不怨恨他。後來一直處於這種狀態：只要我對他有用時，他就無所顧忌地利用我……男人嘛，使用有過關係的女人是很方便的。我也承蒙令尊的關照，學到豐富而健全的處世常識。」

「唔。」

「所以，請你利用我的健全的常識吧。」

菊治毫不拘泥地被她的這番話吸引了，他覺得這也有道理。

近子從腰帶間將扇子抽了出來。

「人嘛，太男人氣，或者太女人味兒，都是學不到這種健全的常識的。」

「是嗎？這麼說常識就是中性的囉。」

「這是挖苦人嗎？但是，一旦變成中性的，就能清清楚楚地看透男人和女人的心理。

你沒想過嗎，太田夫人是母女倆生活的，她怎麼能夠留下女兒而去死呢？據我看來，她可能有一種企圖，是不是以為自己死後，菊治少爺會照顧她女兒……」

「什麼話兒。」

「我仔細捉摸，恍然大悟，才解開了這個疑團。因為我總覺得太田夫人的死攪擾了菊治少爺的這親事。她的死非同一般，一定有什麼問題。」

「太離奇了。這是你的胡思亂想。」

菊治一邊這樣說，一邊卻感到自己的胸口像是被近子這種離奇的胡想捅了一刀似的。好像掠過一道閃電。

「菊治少爺把稻村小姐的事，告訴太田夫人了吧。」

菊治想起來了，卻佯裝不知。

「你給太田夫人掛電話，不是說我的婚事已定了嗎？」

「是，是我告訴的。我對她說：請你不要攪擾。太田夫人就在這天晚上死的。」

沉默良久。

「但是，我給她掛電話了，菊治少爺怎麼知道的？是不是她哭著來了呢？」

菊治遭到了突然襲擊。

「沒錯吧。她還在電話裡『啊』地喊了一聲呢。」

「這麼說來，是你害了她嘛。」

「菊治少爺這麼想，就得到解脫了是吧。我已經習慣當反派角色。令尊也早已把我當做隨時可以充當冷酷的反派角色的女人。雖說談不上是報恩，不過，今天我是主動來充當這個反派角色的。」

菊治聽來，近子似乎在吐露她那根深柢固的妒忌和憎惡。

「幕後的事，嗨，就當不知道……」

近子說著，耷拉下眼瞼，好像在看自己的鼻子。

「菊治少爺儘管皺起眉頭，把我當做是個好管閒事的令人討厭的女人好了……用不了多久，我定要袪除那個妖性的女人，讓你能締結良緣。」

「請你不要再提良緣之類的事了，好不好？」

「好，好，我也不願與太田夫人的事扯在一起。」

近子的聲調變得柔和了。

「太田夫人也並不是個壞人……自己死了，在不言不語中，就想把女兒許給菊治少爺，不過這只是一種企盼而已，所以……」

「又胡言亂語了。」

「本來就是這樣嘛。菊治少爺以爲她活著的時候，一次都沒想過要把女兒許配給菊治少爺嗎？如果是這樣，那你就太糊塗了。她不論是睡還是醒，一味專心想令尊，像著了魔似的，如果說這是痴情，那確是痴情。在夢與現實的混沌中，連女兒也捲進來了，最後把性命都搭上……不過，在旁觀者看來，彷彿是一種可怕的報應，或是應驗的詛咒。這是被一張魔性的網給罩住了。」

菊治和近子面面相覷。

近子睜大她那雙小眼睛。

她的目光總盯住菊治不放，菊治把臉扭向一旁。

菊治之所以畏縮，讓近子滔滔不絕，雖說從一開始他就處於劣勢，但更多的恐怕是他為近子的離奇言論所震驚的緣故。

菊治想都沒想過，過世的太田夫人果眞希望女兒文子同菊治成親嗎？再說，他也不相信此話。

這恐怕是近子信口雌黃，出於妒忌吧。

這種胡亂猜想，就像近子胸脯上長的那塊醜陋的痣吧。

然而，對菊治來說，這種離奇的言論，宛如一道閃電。

菊治感到害怕。

難道自己就不曾有過這種希望？

雖然繼母親之後，把心移於女兒這種事，在世間並非沒有，但是一面陶醉於其母親的擁抱中，另一面卻又不知不覺地傾心於其女兒，而自己還都沒有察覺，這難道不眞的成了魔性的俘虜了嗎？

如今，菊治回想起來，自從遇見太田夫人之後，自己的整個性格彷彿都變了。總覺得人都麻木了。

「太田家的小姐來過了，她說有來客，改天再……」女傭通報說。

「哦，她走了嗎？」

菊治站起身來，走了出去。

第二章

「剛才……」
文子伸長白皙而修長的脖頸仰望著菊治。
從他的喉嚨到胸脯的凹陷處呈現出一層淡黃色的陰影。
不知是光線的關係，還是她消瘦了的緣故，這淡淡的陰影使菊治放心地鬆了口氣。
「栗本來了。」菊治坦蕩地說。
他剛走出來的時候還有點拘謹，可是一見到文子，反而覺得輕鬆了。
文子點了點頭，說：
「我看見師傅的陽傘了……」
「啊，是這把陽傘吧。」
那是一把長把的灰色陽傘，靠放在門口。
「要不，請你到廂房的茶室裡等一會兒好嗎？栗本那老太婆，這就走的。」
菊治這麼說，可他對自己又產生了懷疑。爲什麼明知文子會來，而沒有把近子打發走呢？

「我倒無所謂……」

「是嗎？那就請吧。」

文子好像不知道近子的敵意，她一進客廳就向近子施禮寒暄，還對近子前來弔唁她母親，表示了一番謝意。

近子就像看著徒弟做茶道練習時那樣，略聳起左肩膀，昂首挺胸地說：

「你母親也是一位文雅人……我覺得她在這文雅人活不長的人世間，就像最後的一朵花，凋謝了。」

「家母也並不是個文雅的人。」

「留下文子孤身一人，恐怕她心裡也很捨不得吧。」

文子垂下了眼瞼，緊緊地抿住反咬合的下唇。

「很寂寞吧，也該來練習茶道了。」

「啊，我已經……」

「可以解悶喲。」

「我已經沒有資格學茶道了。」

「什麼話！」

近子把重疊著摞住在膝上的雙手鬆開，說：

「其實嘛，梅雨天也快過去，我想給這府上的茶室通通風，今天才登門拜訪的。」

近子說著瞥了菊治一眼。

「文子也來了，你看怎麼樣？」

「啊？」

「請讓我用一下你母親的遺物志野陶……」

文子抬起頭望了望近子。

「讓我們也來談談你母親的往事吧。」

「可是，如果在茶室裡哭了起來，多討厭啊。」

「哦，那就哭嘛，沒關係的。不久，菊治少爺一旦成了親，我也就不能隨便進茶室裡來囉。雖然這是值得我回憶的茶室……」

近子笑了笑，故作莊重地說：

「我是說，要是與稻村家的雪子小姐的這門親事定下來的話。」

文子點點頭，絲毫不露聲色。

然而，酷似她母親的那張圓臉上，卻看得出她憔悴的神色。

菊治說：

「提這些沒定的事，會給對方添麻煩的。」

「我是說假如定下來的話。」

近子又把話頂了回去。

「好事多磨嘛，在事情還沒有定下來之前，也請文子小姐就當沒聽說過。」

「是。」

文子又點了點頭。

近子喊了一聲女傭，站起身來去打掃茶室了。

「這兒的樹蔭下，樹葉還濕著呢，小心點！」

庭院裡傳來了近子的聲音。

第三章

「早晨，在電話裡甚至能聽得見這裡的雨聲吧。」菊治說。

「電話裡也能聽見雨聲嗎？我倒沒有注意。這庭院裡的雨聲，在電話裡能聽得見嗎？」

文子把視線移向庭院。

樹叢的對面，傳來了近子打掃茶室的聲音。

菊治也一邊望著庭院一邊說：

「我也並不認爲電話裡能聽得見文子小姐那邊的雨聲。不過，後來卻有這種感覺，傍晚的驟雨眞是傾盆而來啊！」

「是啊！雷聲太可怕了……」

「對對，你在電話裡也這麼說過。」

「連這些微不足道的小事，我也像家母。一響雷，母親就會用和服的袖兜裹住我的小腦袋。夏天外出的時候，家母總要望望天空，說聲：今天會不會打雷呢？直到現在，有時一打雷，我還想用袖兜捂住臉吶。」

文子說著，從肩膀到胸部暗暗地露出了靦腆的姿態的。

「我把那只志野陶茶碗帶來了。」

文子說著，站起身走了出去。

文子折回客廳的時候，把包裹那茶碗的小包放在菊治的膝前。

但是，菊治有點躊躇，文子就把它拉到自己面前，從盒子裡把茶碗拿了出來。

「令堂也曾用筒狀的樂茶碗來喝茶吧。那也是了入產的嗎？」菊治說。

「是的。不過家母說不論黑樂還是赤樂，用它喝粗茶或烹茶，在色彩的配合上都不好，所以她常用這只志野陶茶碗。」

「是啊，用黑樂茶碗來喝，粗茶的顏色就看不見了……」

菊治無意將擺放在那裡的志野陶筒狀茶碗，拿到手上來觀賞，文子看見以後說：

「它可能不是上乘的志野陶，不過……」

「哪裡。」

但是，菊治還是沒有伸出手來。

正如今天早晨文子在電話裡所說的那樣，這只志野陶的白釉裡隱約透出微紅。仔細觀賞的時候，那紅色彷彿從白釉裡浮現出來似的。

而且，茶碗口帶點淺茶色。有一處淺茶色顯得更濃些。

那兒恐怕就是接觸嘴唇的地方吧。

看上去好像沾了茶銹。但也可能是嘴唇碰髒的。

在觀賞的過程中，那淺茶色依然呈現出紅色來。

正如今天早晨文子在電話裡所說的那樣，這難道眞是文子母親的口紅滲透進去的痕跡嗎？

這麼一想，他再看，釉面果然呈現茶、赤摻半的色澤。

那色澤宛如褪色的口紅，又似枯萎的紅玫瑰——並且，當菊治覺得它像沾在什麼東西上的陳舊血漬的顏色時，心裡就覺得難以置信。

他既感到令人作嘔的齷齪，同時也感到使人迷迷糊糊的誘惑。

茶碗面上呈黑青色，繪了一些寬葉草。有的草葉間中呈紅褐色。

這些草，繪得單純而又健康，彷彿喚醒了菊治的病態的官能。

茶碗的形狀也很端莊。

「很不錯啊。」

菊治說著把茶碗端在手上。

「我不識貨。不過，家母很喜歡它，常用它來喝茶。」

「給女人當茶碗用很合適啊。」菊治從自己的話裡，再一次活脫脫地感受到文子的母親這個女人的溫馨。

儘管如此，文子爲什麼要把這只滲透了她母親的口紅的志野茶碗拿來給他看呢？

菊治不清楚，這是出於文子的天眞，還是滿不在乎？

只是，文子的那種不抵抗的心緒，彷彿也傳給了菊治。

菊治在膝上轉著茶碗觀賞，但是避免讓手指碰到茶碗邊接觸嘴唇的地方。

「請把它收好。讓栗本老太婆看到，說不定她又會說些什麼，頂討厭的。」

「是。」

文子把茶碗放進盒裡，重新包好。

文子本打算把它送給菊治才帶來的，可是好像沒有碰上機會。也許是顧慮菊治不喜歡這件東西。

文子站起身來，又把那小包放回門口。

近子從庭院裡向前彎著身子，走了上來。

「請把太田家的那個水罐拿出來好嗎？」

「用我們家的東西怎麼樣？再說太田小姐也在場……」

「瞧你說的，正因爲文子小姐來了才用的嘛，不是嗎？藉志野這件紀念遺物，談談你母親的往事。」

「可是，你不是憎恨太田夫人的嗎？」菊治說。

「我幹麼要恨她呢？我們只是脾性合不來罷了。憎恨死去的人有什麼用呢？不過，脾性合不來，我不了解她，但另一方面有些地方我反而能看透那位夫人。」

「看透別人就是你的毛病……」

「做到讓我看不透才好嘛。」

文子在走廊上出現，她落座在門框邊上。

近子聳起左肩膀，回過頭來說：

「我說，文子小姐，能讓我們用一下你母親的志野陶嗎？」

「啊，請用。」文子回答。

菊治把剛放進壁櫥裡的志野水罐拿了出來。

近子把扇子輕快地插在腰帶間，抱著水罐盒向茶室走去。

菊治也走到門框邊來，說：

「今早在電話裡聽說你搬家了，我大吃一驚。房子這類事，都是你一個人處理的嗎？」

「是的。不過，是個熟人把它買了下來，所以比較簡單。這位熟人說，他暫住在大磯，房子較小，說願意與我交換。可是，房子再小，我也不能一個人住呀。要去上班，還是租房方便些。因此，就先暫住在朋友家裡。」

「工作定了嗎？」

「還沒有。眞到緊要關頭，自己又沒學到什麼本事……」文子說著莞爾一笑。

「本來打算待工作單位定下來之後，再拜訪您。在既無家又無職，漂泊無著的時候去看您，未免太淒涼了。」

菊治想說，這種時候來最好，他本以爲文子孤苦伶仃，但眼前從表情上觀看，也不顯得特別寂寞。

「我也想把這幢房子賣掉，但我一向拖拖拉拉。不過，因爲存心要賣，所以連架水槽也沒有修理，鋪席成了這副模樣，也不能換席子面兒。」

「您不是要在這房子裡結婚嗎？那時再……」文子直率地說。

菊治看了看文子，說：

「你指的是栗本的事吧。你認爲我現在能結婚嗎？」

「爲了家母的事？……如果說家母使您那樣傷心，那麼家母的事已經過去了，您大可不必再提了……」

第四章

近子幹起茶道得心應手，很快就把茶室準備好了。

「打點得與水罐子相配嗎？」

近子問菊治，可是他不懂。

菊治沒有回答，文子也不言語。菊治和文子都望著志野水罐。

原本是用來插花供奉在太田夫人靈前的，今天派上它本來的用場，當水罐用了。

早先是太田夫人手裡的東西，現在卻聽任栗本近子使用。太田夫人辭世後，傳給了女兒文子，再由文子送到菊治手裡。

這就是這只水罐的奇妙的命運。不過，也許就是茶道器具的通常遭遇吧。

這只水罐在太田夫人擁有之前，製成之後，歷經了三、四百年，這期間，不知更迭過多少命運各異的物主而傳承至今啊！

「志野水罐放在茶爐和燒茶水用的鐵鍋旁，更顯得像個美人了。」菊治對文子說。

「但是，它那剛勁的姿態，絕不亞於鐵器啊。」

志野陶的白釉面，潤澤光亮，彷彿是從深層透射出來的。

菊治在電話裡對文子說過，一看到這件志野陶，就想見她，但她母親的白皙肌膚裡也深深地蘊含著女人的這種剛勁嗎？

天氣酷熱，菊治把茶室的拉門打開了。

文子坐著的身後的窗，楓葉翠綠。茂密層疊的楓葉的投影，落在文子的頭髮上。

文子那修長脖頸以上的部分，映照在窗外投進的亮光中。露在像是初次穿上的短袖衣服外的胳膊，顯得白皙中略帶青色。她並不太胖，但肩膀圓勻，胳膊也是圓呼呼的。

近子也望著水罐。

「如果水罐不用在茶道上，就顯不出它的靈性來。只隨便地插上幾枝洋花，太委屈它了。」

「家母也用它插過花呢。」文子說。

「你母親遺下的這只水罐，到這兒來了，真像作夢似的。不過，你母親也一定會很高興的吧。」

也許近子是想挖苦一下。

可是，文子卻若無其事地說：

「家母也曾把這只水罐用來插花。再說，我已不再學茶道了。」

「不要這樣說嘛。」

近子環顧了一下茶室，說：

「我覺得能在這兒坐坐，心裡還是很踏實的。四處都能看到。」

近子望了望菊治，說：

「明年是令尊逝世五週年，忌辰那天舉行一次茶會吧。」

「是啊，把所有贋品茶具統統擺出來，再把客人請來，也許這是件愉快的事。」

「什麼話，令尊的茶具沒有一件是贋品。」

「是嗎？但是，全部贋品的茶會可能很有意思吧。」菊治對文子說。

「這間茶室裡，我總覺得充滿一股發霉的臭味，如果舉辦一次茶會，全部使用贋品，也許能拂去這股霉氣。我把它當做爲已故父親祈冥福，從此便與茶道斷絕關係。其實我早就與茶道絕緣了……」

「你的意思是說，我這個老婆子眞討厭，總要到這茶室裡來歇息是嗎？」

近子迅速地用圓筒竹刷攪和抹茶。

「可以這麼說吧。」

「不許你這麼說！但是，如果你結上新緣，那麼斷掉舊緣也未嘗不可。」

近子說聲請吧，便將茶送到菊治面前。

「文子小姐，聽了菊治少爺的這番玩笑話，會不會覺得你母親的這件遺物的去處找錯了地方呢？我一看見這件志野陶，就覺得你母親的面影彷彿映在那上面。」

菊治喝完茶，將茶碗放下，馬上望著水罐。

也許是近子的姿影映在那黑漆的蓋子上吧。

然而，文子則心不在焉地坐著。

菊治弄不清文子是不想抵抗近子呢，還是無視近子。

文子也沒有露出不愉快的神色，與近子進茶室坐在一起，這也是件奇妙的事。

對於近子提及菊治的親事一事，文子也沒有露出拘謹的神色。

一向憎恨文子母女的近子，每句話都有意羞辱文子，可是文子也沒有表示反感。

難道文子沉溺在深深的悲傷中，以致對這一切都視爲過往煙雲嗎？

難道是母親去世的打擊，使她完全超越了這一切嗎？

也許是她繼承了她母親的性格，不爲難自己，也不得罪他人，是個不可思議的、類似擺脫一切煩惱的純潔姑娘？

但是，菊治好像在努力不使人看出他要保護文子，使她不受近子的憎惡和侮辱。

當菊治意識到這點的時候，他覺得自己才奇怪呢。

菊治看著近子最後自點自飲茶的模樣，也覺得十分奇怪。

近子從腰帶間取出手錶，看了看說：

「這手錶太小，老花眼看起來太費勁了……把令尊的懷錶送給我吧。」

「他可沒有懷錶。」菊治頂了回去。

「有。他經常用吶。他去文子小姐家的時候，也總是帶在身上的嘛。」

近子故意裝出一副呆然若失的神色。

文子垂下了眼簾。

「是兩點十分嗎？兩根針聚在一起，模模糊糊的看不清。」

近子又現出她那副能幹的樣子。

「稻村家的小姐給我招徠一些人，今天下午三點開始學習茶道。我在去稻村家之前，到這裡來了一趟，想聽聽菊治少爺的回音，以便心中有數。」

「請你明確地回絕稻村家吧。」

儘管菊治這麼說，但近子還是笑著打馬虎眼，說：

「好，好，明確地……」接著又說：

「真希望能早一天讓那些人在這間茶室裡學習茶道啊！」

「那就請稻村家把這幢房子買下來好了。反正我最近就要把它賣掉。」

「文子小姐，我們一起走到那兒吧？」

近子不理會菊治，轉過身來對文子說。

「是。」

「那我就趕緊把這裡收拾乾淨。」

「我來幫您忙吧。」

「那就謝了。」

可是，近子不等文子，迅速地到水房去。

傳來了放水聲。

「文子小姐，我看算了，不要跟她一起去。」菊治小聲說。

文子搖搖頭，說：

「我害怕。」

「有什麼可怕的。」

「我眞害怕。」

「那麼，你就跟她走到那邊，然後擺脫她。」

文子又搖了搖頭，然後站起身來，把夏服膝彎後面的縐褶撫平。

菊治差點從下面伸出手去。

因爲他以爲文子踉蹌要倒的緣故，文子臉上飛起了一片紅潮。

剛才近子提到懷錶之事，她難過得眼圈微紅，現在則羞得滿臉通紅，宛如猝然綻開的紅花。

文子抱著志野水罐向水房走去。

「喲，還是把你母親的東西拿來了？」

裡面傳來了近子嘶啞的聲音。

雙重星

第一章

栗本近子到菊治家來說，文子和稻村小姐都結婚了。

夏令時節，傍晚八時半，天色還亮。晚飯後，菊治躺在廊道上，望著女傭買來的螢火蟲籠。不知什麼時候開始，發白的螢火光帶上了黃色，天色也昏暗了。但是，菊治也沒有起身去開燈。

菊治向公司請了四、五天夏休假，到坐落在野尻湖的友人的別墅去度假，今天剛回來。

友人已經結婚，生了一個孩子。菊治沒有經驗，不知嬰兒生下來有多少日子了。相應地說，是長得大了還是小，心中無數，不知該怎麼寒暄才好。

「這孩子發育得眞好。」

菊治的話音剛落，友人的妻子回答說：

「哪裡呀，生下來時眞小得可憐，近來才長得像樣些了。」

菊治在嬰兒面前晃了晃手說：

「他不眨眼呀。」

「孩子看得見，不過得過些時候才會眨眼吶。」

菊治以爲嬰兒出生好幾個月，其實才剛滿百天。這年輕的主婦，頭髮稀疏，臉色有點發青，還帶著產後的憔悴，這是可以理解的。

友人夫婦的生活，一切以嬰兒爲中心，只顧照看嬰兒，菊治覺得自己顯得多餘了。但是，當他乘上火車回家途中，那位看起來很老實的友人妻子，掛著一副無生氣的憔悴的面容，她那呆呆地抱著嬰兒的纖弱的身影，總是浮現在菊治的腦際，怎麼也拂除不掉。友人本來同父母兄弟住在一起，這第一個孩子出生不久，就暫住在湖畔的別墅裡。已習慣於與丈夫過著兩人生活的妻子，大概安心舒適，甚至達到發呆的程度吧。

此刻，菊治回到家裡，躺在廊道上，依然想起那位友人妻子的姿影。這種思念的情懷帶有一種神聖的哀感。

這時，近子來了。

近子冒冒失失地走進房間說：

「哎喲，怎麼在這麼黑的地方……」

她落座在菊治腳邊的廊道上。

「獨身眞可憐呀。躺在這裡，連燈都沒有人給開。」

菊治把腿彎縮起來。不大一會兒，滿臉不高興地坐了起來。

「請躺著吧。」

近子用右手打個手勢，示意讓菊治躺下，爾後又故作莊重地寒暄了一番。她說她去了京都，回來時還在箱根歇了歇腳。在京都她師傅那裡，遇見了茶具店的大泉先生。

「難得一見，我們暢談了有關你父親的往事。他說要帶我去看看三谷先生當年悄悄幽會住過的那家旅館，於是他就帶我去了木屋町的一家小旅館。那裡可能是你父親與太田夫人去過的地方呢。大泉還讓我住在那裡，他說這種話太沒分寸了。一想到你父親與太田夫人都死了，我再怎麼行，半夜裡，說不定也會害怕的。」

菊治默不作聲，心想，沒分寸的正是說這種話的近子你呢。

「菊治少爺也去野尻湖了吧？」

近子這是明知故問。其實她一進門，就從女傭那裡聽說了，近子沒等女傭傳達，就唐突地走了進來，這是她一貫的作風。

「我剛到家。」

菊治滿臉不高興地回答。

「我三、四天前就回來了。」

說著，近子也鄭重其事，聳起左肩膀說：

「可是，一回來就聽說發生了一件令人感到遺憾的事。這使我大吃一驚，都怪我太疏忽，我簡直沒臉來見菊治少爺。」

近子說，稻村家的小姐結婚了。

菊治露出了吃驚的神色，所幸的是廊道上昏暗。但是，他毫不在意地說：

「是嗎？什麼時候？」

「好像是別人的事似的，眞沉得住氣啊！」

近子挖苦了一句。

「本來就是嘛，雪子小姐的事，我已經讓你回絕過多次了嘛。」

「只是口頭上吧。恐怕是對我才想擺出這副面孔吧。好像從一開始自己就不情願，偏偏這個多管閒事的老太婆好自作主張，糾纏不休，令人討厭是嗎？其實，你心裡卻在想，這位小姐挺好。」

「都胡說些什麼。」

菊治忍俊不禁，笑出聲來。

「你還是喜歡這位小姐的吧。」

「是位不錯的小姐。」

「這點我早就看出來了。」

「說小姐不錯，不一定是想結婚。」

但是，一聽說稻村小姐已經結婚，心頭彷彿被撞擊了一下，菊治強烈地渴望在腦海裡描繪出小姐的面影。

在圓覺寺的茶會上，近子爲了讓菊治觀察雪子，特地安排雪子點茶。雪子點茶，手法純樸，氣質高雅，在嫩葉投影的拉門的映襯下，雪子身穿長袖和服的肩膀和袖兜，甚至連頭髮，彷彿都熠熠生輝，這種印象還留在菊治的內心底裡。難能想起雪子的面容。當時她用的紅色綢巾，以及去圓覺寺深院的茶室的路上她手上那個綴有潔白千羽鶴的粉紅色縐綢小包袱，此時此刻又鮮明地浮現在他的腦海裡。

後來有一次，雪子上菊治家，也是近子點茶。即使到了第二天，菊治還感到小姐的芳香猶存在茶室裡。小姐繫的繪有菖蘭的腰帶，如今還歷歷在目，但是她的姿影卻難以捕捉。

菊治連三、四年前亡故的父親和母親的容顏，也都難以在腦際明確地描繪出來。看到他們的照片後，才確有所悟似地點點頭，也許越親近、越深愛的人，就越難描繪出來。而越醜惡的東西，就越容易明確地留在記憶裡。

雪子的眼睛和臉頰，就像光一般留在記憶裡，是抽象的。可是，近子那乳房與心窩間長的那塊痣，卻像癩蛤蟆一般留在記憶裡，是很具體的。

這時，廊道上雖然很暗，但是菊治知道她多半穿的是那件小千谷白麻縐綢的長襯衫，即使在亮處，也不可能透過衣服看見的她胸脯上的那塊痣。然而，在菊治的記憶裡，卻能看見。與其說昏暗而看不見，毋寧說在黑暗中的記憶裡見得更清楚。

「既然覺得是位不錯的小姐，就不該放過呀。像稻村小姐這樣的人，恐怕世上獨一無二。就算你找一輩子，也找不到同樣的。這麼簡單的道理，難道菊治少爺還不明白嗎？」

接著，近子用申斥般的口吻說：

「你經驗不多，要求倒很高。唉，就這樣，菊治少爺和雪子小姐兩人的人生，就整個改變了。小姐本來對菊治少爺還是很滿意的，現在嫁給別人了，萬一有個不幸，不能說菊治少爺就沒有責任吧。」

菊治沒有回應。

「小姐的風貌，你也看得一清二楚了吧。難道你就忍心讓她後悔：如若早幾年與菊治少爺結婚就好了，忍心讓她總是思念菊治少爺嗎？」

近子的聲調裡含有惡意。

就算雪子已經結了婚，近子爲什麼還要來說這些多餘的話呢？

「喲，是螢火蟲籠子，這時節還有？」

近子伸了伸脖子，說：

「這時候，該是掛秋蟲籠子的季節了，還會有螢火蟲？簡直像幽靈嘛。」

「可能是女傭買來的。」

「女傭嘛，就是這個水平。菊治少爺要是習茶道，就不會有這種事了。日本是講究季節的。」

近子這麼一說，螢火蟲的火卻也有點像鬼火。菊治想起野尻湖畔蟲鳴的景象。這些螢火蟲能活到這個時節，著實不可思議。

「要是有太太，就不至於出現這種過了時的清寂季節感了。」

近子說著，突然又悄然地說：

「我之所以努力給你介紹稻村小姐，那是因爲我覺得這是爲令尊效勞。」

「效勞？」

「是啊。可是菊治少爺還躺在這昏暗中觀看螢火蟲，就連太田家的文子小姐也都結婚了，不是嗎？」

「什麼時候？」

菊治大吃一驚，彷彿被人絆了一跤似的。他比剛才聽說雪子已經結婚的消息更爲震驚，也不準備掩飾自己受驚的神色了。菊治的神態似乎在懷疑：不可能吧？這一點，近子已看在眼裡。

「我也是從京都回來才知道的，都給愣住了。兩人就像約好了似的，先後把婚事都辦完了，年輕人太簡單了。」近子說。

「我本以爲，文子小姐結了婚，就再沒有人來攪擾菊治少爺，誰知道那時候稻村家的小姐早就把婚事辦過了。對稻村家，連我的臉面也都丟盡了。這都是菊治少爺的優柔寡斷招來的呀。」

「太田夫人直到死都還在攪擾菊治少爺吧。不過，文子小姐結了婚，太田夫人的妖邪性該從這家消散了吧。」

近子把視線移向庭院。

「這樣也就乾淨俐落了，庭院裡的樹木也該修整了。光憑這股黑暗勁，就明白茂密樹木，枝葉無序，使人感到憋悶、厭煩。」

父親過世四年，菊治一次也沒請過花匠來修整過。庭院裡的樹木著實是無序地生長，光嗅到白天的餘熱所散發出來的氣味，也能感覺到這一點。

「女傭恐怕連水也沒澆吧。這點事，總可以吩咐她做呀。」

「少管點閒事吧。」

然而，儘管近子的每句話都使菊治皺眉頭，但他還是聽任她絮絮叨叨講個沒完。每次遇見她都是這樣。

雖然近子的話慪人生氣，但她還是想討好菊治的，並且也企圖試探一下菊治的心思。菊治早已習慣她的這套手法。菊治有時公開反駁她，同時也悄悄地提防她。近子心裡也明白，但一般總佯裝不知，不過有時也會表露出她明白他在想什麼。

而且，近子很少說些使菊治感到意外而生氣的話，她只是挑剔菊治有自我嫌惡的一面，緣此而可能想到的事。

今晚，近子前來告訴雪子和文子結婚的事，也是想打探一下菊治的反應。菊治心想：她究竟是什麼居心呢，自己可不能大意。近子本想把雪子介紹給菊治，藉此使文子疏遠菊治，可是現在這兩個姑娘既然都已成親，剩下菊治，他怎麼想，本來與近子毫不相干，然而近子彷彿還要緊追著菊治心靈上的影子。

菊治本想起身去打開客廳和廊道上的電燈。待菊治意識過來，覺得在黑暗中，這樣與近子談話，有點可笑，況且他們之間也沒有達到如此親密的程度。連修整庭院樹木的事，她也指手劃腳，這是她的毛病。菊治把她的話只當耳旁風。但是，爲了開燈而要站起身，菊治又覺懶得起來。

近子剛走進房間，儘管說了燈的事，但她也無意站起身去開燈。她的職業原本使她養成了這類小事很勤快的習慣。可是現在看來，她似乎不想爲菊治做更多的事。也許近子年紀大了，或許是她作爲茶道師傅，拿點架子的緣故。

「京都的大泉，託我捎個口信，如果這邊有意要出售茶具，那麼希望能交給他來辦理。」

接著，近子用沉著的口吻說：

「與稻村家小姐的這門親事也已經吹了，菊治少爺該振作起來，開始另一種新生活了。也許這些茶具就派不上什麼用場。從你父親的那代起就用不著我，使我深感寂寞。不過，這間茶室也只有我來的時候，才得以通通風吧。」

哦，菊治這才領會過來。

近子的目的很露骨。眼看著菊治與雪子小姐的婚事辦不成，她對菊治也已絕望，最後就企圖與茶具鋪的老闆合謀弄走菊治家的茶具。她在京都與大泉大概已商量好了。菊治與其說很惱火，莫如說反而感到輕鬆了。

「我連房子都想賣，到時候也許會拜託你的。」

「那人畢竟是從你父親那代起就有了交情，終歸可以放心啊。」

近子又補充了一句。

菊治心想：家中的茶具，近子可能比自己更清楚，也許近子心裡早已經盤算過了。

菊治把視線移向茶室那邊。茶室前有棵大夾竹桃，白花盛開。朦朧間，只見一片白。

夜色黢黑，幾乎難以劃清天空與庭院樹木的界限。

第二章

下班時刻，菊治剛要走出公司辦公室，又被電話叫了回來。

「我是文子。」

電話裡傳來了小小的聲音。

「哦，我是三谷……」

「我是文子。」

「啊，我知道。」

「給您打電話真失禮了，有件事，如果不打電話道歉就來不及了。」

「哦？」

「事情是這樣的，昨天，我給您寄了一封信，可是忘記貼郵票了。」

「是嗎？我還沒有收到……」

「我在郵局買了十張郵票，就把信發了。可是回家一看，郵票依然還是十張。真糊塗呀。我想著怎麼才能在信到之前向您致歉……」

「這點小事，不必放在心上……」

菊治一邊回答，一邊想，那封信可能是結婚通知書吧。

「是封報喜信嗎？」

「什麼？……以前總是用電話與您聯繫，給您寫信還是頭一回，我拿不定主意，惦掛著信發出去好不好，竟忘了貼郵票。」

「你現在在那裡？」

「東京站的公用電話亭……外面還有人在等著打電話呢。」

「哦，是公用電話。」

菊治不明白，但還是說：

「恭喜你了。」

「您說什麼呢？……托您的福總算……不過，您是怎麼知道的呢？」

「栗本告訴我的。」

「栗本師傅？……她是怎麼知道的呢？眞是個可怕的人啊。」

「不過，你也不會再見到她吧。記得上次在電話裡還聽見傍晚的雷陣雨聲，是不是？」

「您是那麼說的。那時，我搬到朋友家去住，我猶豫著要不要告訴您，這次也是同樣的情景。」

「那還是希望你通知我才好。我也是，從栗本那裡聽說後，拿不定主意該不該向你賀喜。」

「就這樣銷聲匿跡，未免太淒涼了。」

她那行將消失似的聲音，頗似她母親的聲音。

菊治突然沉默不語。

「也許是不得不銷聲匿跡吧……」

過了一會兒又說：

「是間簡陋的六鋪席房間，那是與工作同時找到的。」

「啊？……」

「正是最熱的時候去上班，累得很。」

「是啊，再加上結婚不久……」

「什麼？結婚？……您是說結婚嗎？」

「恭喜你。」

「什麼？我？……我可不願聽呀。」

「你不是結婚了嗎？」

「沒有呀。我現在還有心思結婚嗎？……家母剛剛那樣去世……」

「啊！」

「是栗本師傅這麼說的吧？」

「是的。」

「爲什麼呢？眞不明白。三谷先生聽了之後，也信以爲眞了吧？」

這句話，文子彷彿也是對自己說的。

菊治突然用明確的聲調說：

「電話裡說不清楚，能不能見見面呢？」

「好。」

「我去東京站，請你就在那裡等著。」

「可是……」

「要不然就約個地方會面？」

「我不喜歡在外面跟人家約會，還是我到府上吧。」

「那麼我們就一起回去吧。」

「一起回去，那還不是等於約會嗎？」

「是不是先到我公司來？」

「不。我一個人去府上。」

「是嗎？我立即就回去。如果文子小姐先到，就請先進屋裡歇歇吧。」

如果文子從東京站乘坐電車，恐怕會比菊治先到。但是，菊治總覺得可能會與她同乘一趟電車，他在車站上的人群中邊走邊尋覓。

結果還是文子先到了他家。

菊治聽女傭說文子在庭院裡，他就從大門旁邊走進庭院。文子落座在白夾竹桃樹蔭下的石頭上。

自從近子來過之後，四、五天來，女傭總在菊治回來之前給樹木澆上了水。庭院裡的舊水龍頭還能使用。

文子就座的那塊石頭，下半部看上去還是濕漉漉的。如果那株鮮花盛開的夾竹桃是茂盛的綠葉襯著紅花，那就像烈日當空的花，可是它開的是白花，就顯得格外涼爽。花簇圍繞著文子的身影柔媚地搖曳著。文子身穿潔白棉布服，在翻領和袋口處都用深藍布鑲上一道細邊。

夕陽從文子背後的夾竹桃的上空，一直照射到菊治的面前。

「歡迎你來。」

菊治說著親切地迎上前去。

文子本來比菊治要先開口說什麼的，可是……

「剛才，在電話裡……」

文子說著，雙肩一收，像要轉身似地站了起來。心想：如果菊治再走過來，說不定還會握她的手呢。

「因爲在電話裡說了那種事，所以我才來的。來更正……」

「結婚的事嗎？我也大吃一驚了。」

「嫁給誰呢？……」

文子說著，垂下了眼簾。

「嫁給誰的事嘛……就是說聽到文子小姐結婚了的時候，以及聽說你沒有結婚的時候，這兩次都使我感到震驚。」

「兩次都？」

「可不是嗎？」

菊治沿著踏腳石，邊走邊說：

「從這裡上去吧。你剛才可以進屋裡等我嘛。」

菊治說著落座在廊道上。

「前些日子我旅行回來，在這裡休息的時候，栗本來了，是個晚上。」

女傭在屋裡呼喚菊治。大概是晚飯準備好了，這是他離開公司時用電話吩咐過的。菊治站起身，走了進去，順便換上了一身白色上等痲紗服走了出來。

文子好像也重新化過妝。等待著菊治坐下來。

「栗本師傅是怎樣說的？」

「她只是說，聽說文子小姐也結婚了……」

「三谷少爺就信以爲眞了，是嗎？」

「萬沒想到她會撒這個謊……」

「一點都不懷疑？……」

轉瞬間，但見文子那雙又大又黑的瞳眸濕潤了。

「我現在能結婚嗎？三谷少爺以爲我會這樣做嗎？家母和我都很痛苦，也很悲傷，這些都還沒有消失，怎能……」

菊治聽了這些話，彷彿她母親還活著似的。

「家母和我天生輕信別人，相信人家也會理解自己。難道這只是一種夢想？只是自己心靈的水鏡上反映出來的一種自我寫照……」

文子已泣不成聲了。

菊治沉默良久，說：

「記得前些時候，我曾問過文子小姐：你以爲我現在可能結婚嗎？那是在一個傍晚雷陣雨的日子裡……」

「是雷聲大作那天？……」

「對。今天卻反過來由你說了。」

「不，那是……」

「文子小姐總愛說我，快結婚了吧。」

「那是……三谷少爺與我全然不同嘛。」

文子說著用噙滿淚珠的眼睛凝望著菊治。

「三谷少爺與我不一樣呀。」

「怎麼不一樣？」

「身分也不一樣……」

「身分？……」

「是的，身分也不一樣。不過，如果說身分這個辭用得不合適的話，那麼可不可以說是身世灰暗呢？」

「就是說罪孽深重？……那恐怕是我吧。」

「不！」

文子使勁搖了搖頭，眼淚便奪眶而出。但是，卻有一滴淚珠意外地順著左眼角流到耳邊滴落下來。

「如果說是罪孽，家母早已背負著它辭世了。不過，我並不認爲是罪孽，而覺得這只是家母的悲傷。」

菊治低下頭來。

「是罪孽的話，也許就不會消失，而悲傷則會過去的。」

「但是，文子小姐說身世灰暗這種話，不就使令堂的死也成了灰暗了嗎？」

「還是說深深的悲傷好。」

「深深的悲傷……」

菊治本想說與深深的愛一樣，但欲言又止。

「再說，三谷少爺還有與雪子小姐商議婚姻的事，和我就不一樣呀。」

文子好像把話題又拉回到現實中來，說：

「栗本師傅似乎認爲家母從中攪擾了這樁事。她所以說我已經結婚了，顯然認爲我也是攪擾著吧。我只能這樣想。」

「可是，據說這位稻村小姐也已經結婚了。」

文子鬆了口氣，露出洩氣似的表情，但又說：

「撒謊……恐怕是謊言吧。這也肯定是騙人的。」

文子說著又使勁地搖了搖頭。

「這是什麼時候的事？」

「你是說稻村小姐的結婚？……大概是最近的事吧。」

「肯定是騙人的。」

「據她說，雪子小姐和文子小姐，兩人都已經結婚了，所以我反而以爲文子小姐結婚大概也是眞的了。」

說著菊治又低聲補充了一句：

「不過，也許雪子小姐方面是眞的……」

「撒謊。哪有人在大熱天裡結婚的。只穿一層衣裳，還汗流不止。」

「說的也是啊，夏天就沒有人舉行婚禮嗎？」

「哎，幾乎沒有……雖然也不是絕對沒有……婚禮儀式一般都在秋季或是……」

文子不知怎的，潤濕了的眼眶裡又湧出了新的淚珠。她凝視著滴落在膝上的淚痕。

「但是，栗本師傅爲什麼要說這種謊言呢？」

「我還眞的受騙了。」

菊治也這麼說。

可是，這件事爲什麼會使文子落淚呢？

至少，在這裡可以確認，文子結婚是謊言。

說不定，雪子眞的是結婚了，所以現在近子很可能是爲了使文子疏遠菊治而說文子也結婚了的吧。菊治做了這樣的猜想。

然而，光憑這樣的猜想還是說服不了自己。菊治仍然覺得，說雪子結婚了，似乎也是謊言。

「總之，雪子小姐結婚的事，究竟是眞還是假，在未弄清之前，還不能斷定栗本是不是在惡作劇。」

「惡作劇……」

「嗨，就當她是惡作劇吧。」

「可是，如果我今天不給您掛電話，我不就成了已經結婚的人嗎？這眞是個殘酷的惡作劇。」

女傭又來招呼菊治。

菊治拿著一封信從裡面走了出來，說：

「文子小姐的信送到了。沒貼郵票的……」

菊治剛要輕鬆地拆開這封信。

「不，不。請不要看……」

「爲什麼？」

「不願意嘛，請還給我。」

文子說著膝行過去，想從菊治手裡把信奪過來。

「還給我嘛。」

菊治突然把手藏在背後。

這瞬間，文子的左手一下子按在菊治的膝上。她想用右手把信搶過來。左手和右手的動作不協調，身體失去了平衡。她趕緊用左手向後支撐著自己，險些倒在菊治的身上，可是她仍想用右手去搆菊治背後的信，於是她盡量將右手向前伸。身子向右一扭，側臉差點落在菊治的懷裡。文子輕柔地把臉閃開。連按在菊治膝上的左手，也只是輕柔地觸了一下而已。這輕柔的一觸又怎能支撐得住她那先往右扭又向前倒的上半身呢。

菊治眼看著文子的身子搖搖晃晃地壓將過來，渾身肌肉繃緊，但卻爲文子那意外輕柔的軀體幾乎失控而喊出聲來。他強烈地感受到她是個女人，也感受到了文子的母親太田夫人。

文子是在哪個瞬間把身子閃開的呢？又在哪裡無力鬆軟下來的呢？這簡直是一股不可名狀的溫柔。彷彿是女人的一種本能的奧秘。菊治本以爲文子的身體會沉重地壓將過來，卻不料文子只是接觸了一下，就恍如一陣溫馨的芬芳飄然而過。

那香味好濃郁。夏季裡，從早到晚在班上工作的女性的體嗅總會變得濃烈起來的。菊治感受到文子的芳香，彷彿也感受到太田夫人的香味。那是太田夫人擁抱時的香味。

「唉呀，請還給我。」

菊治沒有執拗。

「我把它撕了。」

文子轉向一邊，將自己的信撕得粉碎。汗水濡濕了她的脖頸和裸露的胳膊。

文子剛才險些倒下卻又硬把身子閃開，那時臉色刷白，待坐正後，才滿臉緋紅，似乎就在這個時候出的汗。

第三章

從附近飯館叫來的晚飯，總是老一套的菜餚，食而無味。

女傭按往常慣例，在菊治面前擺上了那只志野陶的筒狀茶碗。

菊治突然發現，可文子早已看在眼裡。

「喲，哪只茶碗，您用著呢？」

「是。」

「眞糟糕。」

文子的聲調沒有菊治那麼羞澀。

「送您這件東西，我眞後悔。我在信裡也提到這件事。」

「提到什麼？……」

「沒什麼，只是表示一下歉意，送給您這麼一件太沒價値的東西……」

「這可不是沒有價値的東西啊。」

「又不是什麼上乘的志野陶。家母甚至把它當做平日用的茶杯呢。」

「我雖然不在行，但是，它不是挺好的志野陶嗎？」

菊治說著將筒狀茶碗端在手上觀賞。

「可是，比這更好的志野陶多著呢。您用了它，也許又會想起別的茶碗，而覺得別的志野陶更好……」

「我們家好像沒有這種志野陶小茶碗。」

「即使府上沒有，別處也能見到的呀。您用它時，假使又想起別的茶碗，而覺得別的志野陶更好的話，家母和我都會感到很悲哀的啊。」

菊治唔地一聲，倒抽了一口氣，卻又說：

「我已經逐漸與茶道絕緣，也不會再看什麼別的茶碗了。」

「可是，總難免會有機會看到的呀。何況過去您也見過比這個更好的志野陶。」

「照你這麼說，只能把最好的東西送人囉？」

「是呀。」

文子說著乾脆地抬起頭來直視菊治，又說：

「我是這樣想的。信裡還說請您把它摔碎扔掉囉。」

「摔碎？把它扔掉？」

菊治面對文子步步進逼的姿態，支吾地說。

「這只茶碗是志野古窰燒製的，恐怕是三、四百年前的東西了。當初也許是筵席上或別的什麼場合的用具，既不是茶碗也不是茶杯，不過，自從它被當做小茶碗用之後，恐怕也歷經漫長的歲月了，古人珍惜它，並把它傳承了下來。也許還有人把它收入茶盒裡，隨身帶去做遠途旅行呢。對，恐怕不能由於文子小姐的任性而把它摔碎啊。」

據說，茶碗口嘴唇接觸的地方，還滲有文子母親的口紅的痕跡。

聽說，文子的母親告訴過她，口紅一旦沾在茶碗口上，揩拭也揩拭不掉。菊治自從得到這只志野茶碗後似乎也發現，碗口有一處顯得有些髒，洗也洗不掉。當然，不是口紅那樣的顏色，而是淺茶色，不過卻帶點微紅，如果把它看成是褪了色的口紅陳色，也未嘗不可。但是，也許它是志野陶本身隱約發紅。再說，如果把它當茶碗用的話，那麼碗口接觸嘴唇的地方是固定的，所以留下的嘴唇痕跡，說不定是文子母親之前的物主呢。不過，太田夫人把它當做平日用的茶杯，可能她使用得最多吧。

菊治還曾這樣想過：把它當茶杯使用，這是太田夫人自己想出來的嗎？莫不是菊治的父親想出來的點子，讓夫人這樣使用的吧。

他也曾懷疑：太田夫人好像把這對了入產赤與黑筒狀茶碗代替茶杯，當做與菊治的父親共用的夫妻茶碗吧。

父親讓她把志野陶的水罐當花瓶插上了玫瑰和石竹花，把志野的筒狀茶碗當茶杯用，父親有時也會把太田夫人看作是一種美吧。

他們兩人都辭世後，那只水罐和筒狀茶碗都轉到菊治這裡，現在文子也來了。

「不是我任性。我眞的希望您把它摔碎。」

文子接著又說：

「我把水罐送給您，看到您高興地收了下來，我又想起還有另一件志野陶，就順便把那只茶碗也一起送給您，不過，事後又覺得很難爲情。」

「這件志野陶，恐怕不該當做茶杯使用吧，眞是委屈它了……」

「不過，比它更好的，有得是啊。如果您一邊用它，一邊又想著別的上乘的志野陶，那我就太難過了。」

「所以你才說只能把最好的東西送人是不是？……」

「那也要根據對象和場合呀。」

文子的話使菊治受到強烈的震動。

文子是不是在想：希望菊治通過太田夫人的遺物，想起夫人和文子，或者把他自己想更親切地去撫觸它的東西，看成是最上乘的東西呢？

文子說一心希望最高的名品才是她母親的紀念品，菊治也很能理解。

這正是文子的最高的感情吧。實際上，這個水罐就是這種感情的一種證明。

志野陶那冷艷而又溫馨的光滑的表面，直接使菊治思念太田夫人。然而，在這些思緒中，之所以沒有伴隨著罪孽的陰影與醜惡，內中可能也有「這隻水罐是名品」這種因素在起作用的緣故吧。

在觀賞名品遺物的過程中，菊治依然感到太田夫人是女性中的最高名品。名品是沒有瑕疵的。

傍晚下雷陣雨那天，菊治在電話裡對文子說，看到水罐就想見她。因爲是在電話裡，所以他才能說出來。聽到這話後，文子才說，還有另一件志野陶。於是她才把這件筒狀茶碗帶到菊治家裡來。

誠然，這件筒狀茶碗，不像那件水罐那麼名貴吧。

「記得家父也有一個旅行用的茶具箱……」

菊治回想起來說：

「那裡面裝的茶碗，一定比這件志野陶的質量要差。」

「是什麼樣的茶碗呢？」

「這……我沒見過。」

「能讓我看看嗎？肯定是令尊的東西好了。」文子說。

「如果比令尊的差，那麼這件志野陶就可以摔碎了吧？」

「危險啊！」

飯後吃西瓜，文子一邊靈巧地剔掉西瓜子，一邊又催促菊治，她想看那只茶碗。

菊治讓女傭把茶室打開，他走下庭院，打算去找茶具箱。可是，文子也跟著來了。

「茶具箱究竟放在哪裡，我也不知道。栗本比我更清楚……」

菊治說著回過頭來。文子站在夾竹桃滿樹盛開白花的花蔭下，只見樹根處現出她那雙穿著襪子和庭院木屐的腳。

茶具箱放在水房的橫架上。

菊治走進茶室，把茶具箱放在文子的面前。文子以爲菊治會解開包裝，她正襟危坐地等著。過了一會兒，她這才把手伸了出去。

「那我就打開了。」

「積了這麼厚的灰塵。」

菊治拎起文子剛打開來的包裝物，站起身來，走出去把灰塵抖落在庭院裡。

「水房的架子上有隻死蟬，都長蛆了。」

「茶室眞乾淨啊。」

「是。前些日子，栗本前來打掃過。就這個時候，她告訴我文子小姐和稻村小姐都結婚了……因爲是夜間，可能把蟬也關進屋裡來了。」

文子從箱子裡取出像裹著茶碗似的小包，深深地彎下腰來，揭開碗袋上的帶子，手指尖有點顫動。

菊治從側面俯視，只見文子收縮著渾圓的雙肩向前傾，她那修長的脖頸更引人注目。

她非常認眞地抿緊下唇，以致顯露出地包天的嘴形，還有那沒有裝飾的耳垂，著實令人愛憐。

「這是唐津陶瓷吶。」

文子說著仰臉望著菊治。

菊治也挨近她坐著。

文子把茶碗放在鋪席上，說：

「是件上乘的好茶碗啊。」

它也是一件可以當茶杯用的筒形小茶豌，是唐津陶瓷器。

「質地結實，氣派凜然，遠比那件志野陶好多了。」

「拿志野陶與唐津陶瓷相比較，恐怕不合適吧……」

「可是，併攏一看就知道嘛。」

菊治也被唐津陶瓷的魅力所吸引，遂將它放在膝上欣賞一番。

「那麼，把那件志野陶拿來看看。」

「我去拿。」

文子說著站起身走了出去。

當菊治和文子把志野陶與唐津陶瓷並排在一起時，兩人的視線偶然相碰在一起。

接著，兩人的視線又同時落在茶碗上。

菊治慌了神似的說：

「是男茶碗與女茶碗啊。這樣並排一看……」

文子說不出話來，只是點點頭。

菊治也感到自己的話，誘導出異樣的反響。

唐津陶瓷上沒有彩畫，是素色的。近似黃綠色的青色中，還帶點暗紅色。形態顯得結實氣派。

「令尊去旅行也帶著它，足見它是令尊喜愛的一只茶碗。活像令尊呀。」

文子說出了危險的話，可是她卻沒有意識到危險。

志野陶茶碗，活像文子的母親。這句話，菊治說不出口。然而，兩只茶碗並排擺在這裡，就像菊治的父親與文子母親的兩顆心。

三、四百年前的茶碗，姿態是健康的，不會誘人作病態的狂想。不過，它充滿生命力，甚至是官能性的。

當菊治把自己的父親與文子的母親看成只隻茶碗，就覺得眼前並排著的兩個茶碗的姿影，彷彿是兩個美麗的靈魂。

而且，茶碗的姿影是現實的，因此菊治覺得茶碗居中，自己與文子相對而坐的現實也是純潔的。

過了太田夫人頭七後的第二天，菊治甚至對文子說：兩人相對而坐，也許是件可怕的事。然而現在，那種罪惡的恐懼感，難道也在這純潔的茶碗面被洗刷乾淨了嗎？

「眞美啊！」

菊治在自言自語。

「家父也不是個品格高尙的人，卻好擺弄茶碗之類的東西，說不定是爲了麻痺他那種罪孽之心。」

「啊？」

「不過，看著這只茶碗，誰也不會想起原物主的壞處吧。家父的壽命短暫，甚至僅有這只傳世的茶碗壽命的幾分之一……」

「死亡就在我們腳下。眞可怕啊！雖然明知自己腳下就有死，但是我想不能總被母親的死所俘虜，我曾做過種種努力。」

「是啊，一旦成爲死者的俘虜，就會覺得自己好像不是這個世間的人似的。」菊治說。

女傭把鐵壺等點茶家什拿了進來。

菊治他們在茶室裡待了很久的時間，女傭大概以為他們要點茶吧。

菊治向文子建議：用眼前的唐津和志野的茶碗，像旅行那樣，點一次茶如何。

文子溫順地點了點頭，說：

「在把家母的志野茶碗摔碎之前，把它當做茶碗再用一次，表示惜別好嗎？」

文子說著從茶具箱裡取出圓筒竹刷，拿到水房去洗刷。

夏天日長夜短，天未擦黑。

「就當做是在旅行……」

文子用小圓筒竹刷，一邊在小茶碗裡攪抹茶，一邊說。

「既是旅行，住的是哪家旅館呢？」

「不一定住旅館呀。也許在河畔，也許在山上嘛。就當做是用山谷的溪水來點茶，要是用冷水也許會更好……」

文子從小茶碗裡拿出小竹刷時，就勢抬起頭，用那雙黑眼珠瞟了菊治一眼，旋即又把視線傾注在掌心裡正在轉動的那隻唐津茶碗上。

於是，文子的視線隨同茶碗一起，移到菊治的膝前。

菊治感到，文子彷彿也跟著視線流了過來。

這回，文子把母親的志野陶放在面前，竹刷子刷刷地碰到茶碗邊緣，她停住手說：

「眞難啊！」

「碗太小，難攪動吧。」

菊治說。可是，文子的手腕依然在顫抖。

接著，文子的手剛停下來，竹刷子在筒狀小茶碗裡就攪不開了。

文子凝視著變得僵硬了的自己的手腕，把頭耷拉下來，紋絲不動。

「家母不讓我點茶啊！」

「哦？」

菊治驀地站起身來，抓住文子的肩膀，彷彿要把被咒語束縛住動彈不了的人攙起來似的。

文子沒有抗拒。

第四章

菊治難以成眠。待到木板套窗的縫隙裡射進一線亮光，他就向茶室走去。

庭院裡石製洗手盆前的石頭上，還掉落有志野陶的碎片。

撿起四塊大碎片，在掌心上拼起來，就成茶碗形，但碗邊上有一處，有個拇指般大的缺口。

菊治心想，這塊缺口的殘片，說不定還可能找回來，於是他開始在石頭縫裡尋找，可是，很快就停了下來。

抬頭望去，只見東邊樹林的上空，嵌著一顆閃閃發光的大星星。

菊治已經有好幾年沒有見過這種黎明的晨星了。他一面這樣想，一面站起來觀看，只見天空飄浮著雲朵。

星光在雲中閃耀，更顯得那顆晨星很大。閃光的邊緣彷彿被水濡濕了似的。

面對著亮晶晶的晨星，自己卻在撿茶碗的碎片以便拼合起來，相形之下，菊治覺得自己太可憐了。

於是，他把手中的碎片就地扔掉了。

昨天晚上，菊治勸阻不久，文子就將茶碗摔在庭院的石製洗手盆上，完全粉碎了。悄悄走出茶室的文子，手裡拿著茶碗，這點菊治沒有察覺出來。

「啊！」

菊治不禁地大喊了一聲。

但是，菊治顧不上去撿散落在昏暗的石縫裡的茶碗碎片，他要支撐住文子的肩膀。因為她蹲在摔碎了茶碗前面，身子向石製洗手盆倒了過去。

「還會有更好的志野陶啊。」

文子喃喃自語。

難道她擔心菊治把它同更好的志野陶做對比，感到悲傷了嗎？

後來，菊治徹夜難眠，越發感到文子這句話蘊含著哀切的純潔的餘韻。

待到曙光灑在庭院裡，他就出去看了看茶碗的碎片。

但是看到晨星後，他又把撿起來的碎片扔掉了。

菊治接著抬頭仰望，長嘆了一聲：

「啊！」

晨星不見了。菊治望著扔掉的殘片。就在這瞬間，黎明的晨星躲到雲中了。

菊治久久地凝望著東方的天空，彷彿自己的什麼東西被人奪走了似的。雲層不太厚，卻覓不見晨星的蹤跡。天邊被浮雲隔斷，幾乎接觸到市街的屋頂，一抹淡淡的紅色，越發深沉了。

「扔在這裡也不行。」

菊治自言自語，爾後又把志野陶的碎片撿了起來，揣進睡衣的懷裡。

把碎片扔掉，太淒慘了，也擔心栗本近子等前來盤問。

文子似乎也想不通才摔碎的，因此菊治考慮不保存這些碎片，而把它埋在石製洗手盆旁邊。不過，他最後用紙把它包起來，放進壁櫥裡，然後又鑽進了被窩裡。

文子究竟擔心菊治什麼時候拿什麼東西同這件志野陶比較呢？

菊治有點疑惑，文子的這種擔心是從哪裡來的呢？

何況，昨晚與今晨，菊治壓根兒就沒有想過要把文子同什麼人做比較。

對菊治來說，文子已是無與倫比的絕對存在，成爲他的決定性的命運了。

此前，菊治每時每刻無不想及文子是太田夫人的女兒，可是現在，他似乎忘卻了這一點。

母親的身體微妙地轉移到女兒身上，菊治曾被這一點所吸引，作過離奇的夢，如今反而消失得形跡全無了。

菊治終於從長期以來被罩在又黑暗又醜惡的帷幕裡鑽到幕外來了。

難道是文子那純潔的悲痛拯救了菊治？

文子沒有抗拒，只是純潔本身在抵抗。

菊治正像一個墜入被咒語鎮住和麻痺的深淵的人，到了極限，反而感到自己擺脫了那種咒語的束縛和麻痺。猶如已經中毒的人，最後服極量的毒藥，反而成了解毒劑而出現奇蹟。

菊治到了公司上班，就給文子所在的店鋪掛了電話。聽說文子在神田一家呢絨批發店裡工作。

文子還沒到店裡來上班。菊治因爲失眠，早早就出來了。可是，難道文子是清晨還在睡夢中？菊治尋思，今天她會不會因爲難爲情，閉居家中呢？

午後，菊治又掛了個電話，文子還是沒來上班。菊治向店裡人打聽了文子的住所。在她昨天的信裡，理應寫了這次搬家的住址，可是文子沒有開封就撕碎，塞進衣兜裡了。晚飯的時候，提到工作的事，菊治才記住了呢絨批發店的店名。但是，卻忘記問她的住址。因爲文子的住址彷彿已經移入了菊治的體內。

菊治下班後，歸途中找到了文子租賃的那間房子。在上野公園的後面。

文子不在家。

一個穿著水兵服的十二、三歲的少女，像是剛放學回家，走到門口來，又進屋裡去了片刻，才出來說道：

「太田小姐不在家，她今早說與朋友去旅行。」

「旅行？」菊治反問了一句。「她去旅行了嗎？今早幾點走的？她說到什麼地方去了嗎？」

少女又退回屋裡去，這次站在稍遠的地方說：

「不太清楚，我媽不在家……」

她回答時，樣子好像害怕菊治似的。是個眉毛稀疏的小女孩。

菊治走出大門，回頭看了看，卻判斷不出哪間住房是文子的房間。這是一幢帶小院子的、不大的二層樓房。

菊治想起文子說過「死亡就在腳下」，他的腿不由得麻木了。

他掏出手絹，擦了擦臉。彷彿越擦就越失去血色。可他還是一個勁地擦。手絹都擦得有點發黑且濕了。他覺得脊背上冒出一身冷汗。

菊治對自己說：「她不會尋死的。」

文子使菊治獲得重新生活的勇氣，她理應不會去尋死。

然而，難道昨天文子的舉止不正是想死的表白嗎？

或許這種表白，說明她害怕自己與母親一樣，是個罪孽深重的女人呢？

「讓栗本一個人活下去……」

菊治宛如面對假想敵人，吐了一口怨氣之後，便急匆匆地向公園的林蔭處走去。

國家圖書館出版品預行編目資料

千羽鶴 / 川端康成作；葉渭渠譯．--初版．--
臺北縣新店市：木馬文化， 2002[民 91]
面； 公分 --（川端康成文集；2）

ISBN 957-469-788-6(平裝)

861.57 90018683

2008.
12.
4.
購於博客來